ベリーズ文庫

気高き不動産王は
傷心シンデレラへの溺愛を絶やさない

晴日青

STARTS
スターツ出版株式会社

目次

気高き不動産王は傷心シンデレラへの溺愛を絶やさない

気高き不動産王は
傷心シンデレラへの溺愛を絶やさない

プロローグ

きっと、夢を見ているに違いない。

ごく普通の一般人でしかない私が、世間から大注目の大型リゾート施設『プレザントリゾート』のオープニングセレモニーに参加しただけでも驚きだというのに。

「どうかしたのか？」

そう言って、階段を一段下がった場所から私を見上げ、穏やかな笑みとともに手を差し出しているのは、このリゾート施設の経営者である水無月志信《みなづきしのぶ》社長だ。

艶やかな黒髪と、水を含んだようにしっとりした色気を漂わせた黒い瞳。どこか憂いや影を感じさせる表情だけれど、口もとに浮かんだ甘い笑みのおかげで暗さを感じさせない。

「野瀬《のぜ》さん？」

「あ……すみません」

目の前の状況に思考停止していた私へと、彼の優しい声が降る。

この瞬間まで私は、〝優陽《ゆうひ》〟という下の名前は気に入っていても、野瀬という苗字をかわいげがないと思っていた。

水無月社長の低い声で呼ばれただけで、まさかこんなにも甘くやわらかい魅力的な響きに変わるなんて。

胸のときめきが無意識に動きに反映されたのか、緩く巻いた紅茶色の髪が肩の近くでゆるりと揺れた。

「遠慮しないでいい。どうぞ」

そう言って、彼は差し出したままの手を再度私に示してみせる。

私からすれば天上の世界の人間にもふさわしい、上流階級の人――なのに。

私が慣れないヒールを歩きづらく思っていたことにいつから気づいていたのだろう。

そうでなければ、階段を下りるだけなのに手を貸そうとするはずがない。

なぜこんな状況になっているかというと、一緒にオープニングセレモニーに来た親友の三堂円香《みどうまどか》が諸事情でいなくなってしまったからだ。

「本当に……いいん、ですか？」

触れることさえおこがましい気がしておそるおそる尋ねると、中途半端に宙に浮かせていた手をそっと取られる。

指先が触れた瞬間、自分の胸が高鳴ったのがわかった。

「ああ、もちろん」

「じゃあ、お言葉に甘えて……」

緊張で手が震えるのを感じながら、指先を軽く曲げてみる。

そうして水無月社長の手に委ねると、胸の奥でくすぐったい疼《うず》きが生まれた。

「ここの階段もとても素敵です、ね」

丁寧にエスコートされながら階段を一歩ずつ下り、彼を意識しないよう話しかける。

「手すりも、すごく豪華で……」

白く塗られた手すりは、曇りのない金で装飾されていた。

複雑な蔦模様が美しく描かれていて、彼の手と同じくらい触れるのがためらわれる。

「この辺りの装飾を任せた業者に伝えておこう。……正直に言うと、こんな細かいところまで褒めてくれるお客様がいるとは思わなかったな」

「す、すみません！　変なことを言ってしまって」

「気にしないでくれ。君の意見……いや、感想かな。普段、身近にいる人たちからは聞けないものばかりだから新鮮で楽しいよ」

最後の一段を下りてほっとするも、なぜか彼が手を離してくれない。

戸惑いを感じて鼓動が速くなっていく。

顔を上げると、私を見下ろす水無月社長と目が合った。

「だからきっと、君と過ごす時間を部下に譲りたくないと思うんだろう」

微《かす》かに和んだ瞳で見つめられ、好意を感じるなというほうが無理だった。

じんわりと頬に熱が集まるのを止められず、とっさに視線を下げることできっと赤くなっている顔を見られないようにする。

「うれしい、です」

なにを言うのが正しいかわからなくて、今の気持ちを率直に口にした。

「私もこうしてご一緒できてとても楽しいです」

いまだ離してもらえていない手を、もう少し彼とつないでいたいと思ってしまうくらいに――。

湧き上がる想いを口にできるはずなどなかった。

現実とは思えないひと時の終わりを告げるように、彼の手が離れていく。

「もし、本心からそう思ってくれているなら」

思わず顔を上げる。

そこにはどこか困ったような水無月社長の顔があった。

「もう少しだけ、君の時間をくれないか?」

「はい」

考えるよりも早く唇が動いて、夢の続きを願ってしまう。

「じゃあ、行こうか」

彼の声もまともに聞こえないくらい、心臓がうるさくてたまらない。

今度はうなずくだけで精いっぱいだった。

誰もがうらやむ素敵な男性とふたりきり。エスコートされて、楽しいおしゃべりに花を咲かせる特別な時間。

もしこれが夢なら、いつもは踏み出せない一歩を踏み出して楽しんでもいいはずだ。

この一歩が私の人生を大きく変えるような——。

そんな気がした。

シンデレラが見た夢

「すごい……」

素晴らしく豪華なリゾート施設──プレザントリゾートの入口を前に、思わず心の声が漏れていた。

「ほんと、立派だね」

私の言葉に反応したのは高校時代からの親友、三堂円香。同い年の二十六歳だ。

ミルクティーのようなこっくりした色のミディアムヘアに、ぱっちりとした大きな瞳。くるくる動く表情は感情豊かで、よく他人に共感して喜怒哀楽を表現する。

私が受験に合格した時は自分のことのように喜んでくれたし、彼氏に浮気されていたと相談した時は烈火のごとく怒ってくれた。

今日、私がプレザントリゾートのオープニングセレモニーに参加できるのも彼女のおかげである。

なんと、ここの特別招待チケットを手に入れたらしく、同行者として誘ってくれたのだ。

「円香はこういう場所、来たことある？」

「まさか。営業っていってもみんなが思うほど稼げないんだからね。優陽はどうなの？　インテリア雑貨の会社でしょ？　いいところに連れていってもらえるイメージがあるんだけど」

「ないない。営業とか企画ならあるかもしれないけど、私はただの事務だもん」

そんなただの事務員が、今日は親友に合わせてドレスアップまでしている。

円香は体のラインが目立つサーモンピンクのドレスを、私はゆったりとした水色のドレスを選んだ。

特別感があって楽しいと思っているのを、きっと彼女も気づいているだろう。

「えー。お客さんからご招待とかもないの？　ほら、よかったら遊びに来てくださ い……みたいな」

「あったら円香を誘ってるよ」

大きく開いた円香の目がふっと和んだ。

つられて細めた私の目は彼女と違って垂れている。いつも眠そうな顔をしていると言われるのは、眉も目尻も下がっているせいだ。

おとなしそうだと侮られることが多かったために、嫌な思いもした——などと考えていると、施設の敷地内にあるホテルの前にたどり着いた。

荷物検査と招待客のチェックをしているようで、人がごった返している。

私たちも順番に並んで待っていると、身なりのいいスタッフが身分証の提示を求めてきた。

円香と一緒に私も保険証を渡し、名前を確認してもらう。

「三堂円香様と、野瀬優陽様ですね。本日はプレザントリゾートへようこそ。こちらはお返しいたします」

「ありがとうございます」

保険証を受け取った後は、少し緊張しながらホテル内へ足を踏み入れた。

外はあんなに人が多かったのに、ずいぶんと減って息がしやすい。だけどそれは人間の数が減っているからではなく、エントランスホールがとても広いからだ。

天井にはシャンデリアが飾られ、フロアの中央には美しい花が生けられている。床や壁は大理石らしい。床にはシックなワインカラーの絨毯が敷かれていた。

「中まですごいね」

「今、私が言おうと思ったのに」

円香が隣で笑ってくれるから、さほど緊張せずにいられる。

「もっと気後れすると思ってたけど、意外と平気かも」

「これだけ立派だったらね。でもどうせなら、遠慮なく全部楽しもうよ。もったいないもん」

「そうだね」

彼女のこういう前向きな性格は、いつも一緒にいて安心する。

たしかにどうせなら楽しんだほうがお得だと考えて、改めてエントランスホールを見回してみる。

私たちのような一般人はあまり多くないように見えた。ぱっと目につくのは、これから間違いなく話題になるこの施設を取材に来た記者たちだろうか。

次に多そうなのは、やけに立ち居振る舞いに余裕がある人々だ。こういった贅を尽くした華やかな場所に慣れているように感じる。

「あ、見て。あそこにいるのって俳優の……えっと、名前ド忘れしちゃった。ほら、今度映画に出る人」

円香に肩を叩かれて視線の先を見ると、たしかに知った顔の男性がいる。

だけど残念ながら、私はあんまり俳優に詳しくない。

「それじゃ全然ヒントないよ」

「うーん、ここまで出かかってるんだけど……」

もどかしそうに首をひねった円香が、ふとホールの奥に目を向ける。

「あっちに向かったほうがいいかも」

スタッフの誘導に従って廊下を歩く際も、まっさらな絨毯や壁紙に目を奪われる。

私の貧困な語彙力では『すごい』『豪華』『きれい』くらいしか感想が出てこないけれど、漏れ聞こえてきた声いわく有名なデザイナーのものらしい。

やがて案内されたのは、かなり広いと感じたエントランスホールとは比べものにならない広さのフロアだった。

「体育館みたい……」

思わずつぶやくと、隣でふっと噴き出すのが見えた。

「ちょっと、笑わせないで」

「ご、ごめん。つい」

「優陽のせいでもう体育館にしか見えなくなっちゃう」

「バスケットゴールがあったら完璧だったね」

「笑わせないでってば！」

きっとこんなことで笑っているのは私たちだけだ。

そう思っているうちに、誘導がスムーズに進み始めたのか、続々と招待客が広間に集まってくる。

「この後の施設見学も楽しみだね」

「うん」

そんな話をしながら、普段なら手の届かない素敵な世界の空気に浸った。


セレモニーが始まるまで、三十分も待たなかった。

ハキハキと通りのいい声でしゃべる司会による挨拶を経て、このリゾート施設の関係者紹介に移る。

広間の奥に用意された壇上に現れたのは、非常に見目麗しいふたりの男性だった。

施設の関係者というよりは、このセレモニーを盛り上げるために招かれた俳優か、モデルのように思える。

「――嘘」

声が聞こえて隣を見ると、円香が大きな目を丸く見開いていた。

「どうしたの？」

周囲の迷惑にならないよう声をひそめて尋ねるも、円香は信じられないものを見る目で壇上のほうを向いたまま、ゆるゆると首を左右に振っている。

体調不良などではないらしい――と思った私の耳に、極上の天鵞絨《ビロード》を思わせる快い声が届いた。

「本日はお集まりいただき、誠にありがとうございます。『株式会社ウェヌスクラース』、代表取締役の水無月志信と申します。よろしくお願いいたします」

一度見たらすぐには忘れられそうにない、人を惹きつける雰囲気の人だと思った。

彼の周囲が妙に明るく見えるのは、本人の持つオーラのせいだろうか。

そんな彼が社長を務める株式会社ウェヌスクラースのことなら、私も知っている。

リゾート施設やレジャー施設を手掛けている土地開発系の企業だったはずだ。まだ新興会社だけれど、破竹の勢いでさまざまな事業に手を広げ、成功させているとニュースでも話題になるほど。

若き不動産王とも称される社長はまだ三十二歳。同じくホテル業界に革命を起こしたとされる人物と親友の関係にあり、その勢いはとどまるところを知らないらしい。

その親友というのが、今、水無月社長からマイクを受け取った男性だろう。

「『株式会社アルスクルトゥーラ』、代表取締役の筑波藍斗《つくばあいと》です。このたびはプレザントリゾートの共同開発に携わることができ、光栄に思っています」

水無月社長に比べると、ずいぶん声が硬い。彼もたしか三十二歳だったはずだ。少し癖のある黒髪は青みがかっていて、水無月社長とは対照的な無表情から冷たい印象を受ける。

あの切れ長の瞳で見られたら、きっと睨まれたように感じるだろう。同じ社長でもふたりは穏やかな春の木漏れ日と、冬の拒絶的な凩《こがらし》ほど印象が違う。

「ねえ、円香」

呼びかけると、円香ははっとしてこちらを見た。

「どうかしたの?」

「あー……ううん、ちょっと知ってる人に似てたからびっくりしちゃった。私と知り合いになるような人が、こんなところにいるはずないのにね」

円香の視線の先には、水無月社長と筑波社長の姿がある。

よほど知り合いに似ているのだろうか。

円香は、壇上のふたりをじっと見つめていた。

「いくらなんでも見すぎじゃない?」

「かっこよすぎて見とれただけ」

なにを言っているのやら、と笑えないのは、納得してしまったからだ。

ふたりの社長は非常に見目麗しい男性で、一度見たら忘れられそうにない。

とくに水無月社長には不思議な魅力があった。

どう言葉にすればいいかわからないけれど、ただ、惹きつけられる。

それでいて簡単に触れてはならないような、どこか近寄りがたい雰囲気もあった。

だからこそ余計に気になるのかもしれない。

「たしかにかっこいい人たちだね」

お世辞抜きにそう賞賛し、彼らの唇から紡がれる挨拶に耳と心を傾けた。

セレモニーを終えた後は自由時間となった。

好きなように施設内を楽しんでもいいとのことで、いっせいに招待客が各所へ散る。

私たちも見学をする予定だったけれど、先ほどから円香は心ここにあらずといった調子だった。

「そんなに知り合いに似てるの？」

なにやら考え事をする円香に尋ねてみる。

「まあ、うん」

「世の中にはそっくりさんが三人いるらしいよ。そういうことなのかも」

「……かな？」

ようやく円香の顔に余裕が戻ってきて、見慣れた笑みが口もとに浮かんだ。

それを見て私もほっと肩の力を抜く。

「ぼんやりしちゃってごめん。せっかくだし、あちこち見に行こうか」

「うん。どこから行く？」

「さっき説明してた庭園は気になるよね。今はライトアップされてるらしいし」

「えっ、聞き逃したかも！」

よほど知り合いのそっくりさんが気になっていたらしい。

苦笑しながら、セレモニーでスタッフが話していた内容を軽く共有する。

「すごく大きい庭園みたいだよ。気をつけないと迷子になっちゃうくらい」

「そんなに？　夜に出かけたら戻ってこられなくなりそう。ちゃんと私の手をつないでいてね。迷子になる時はふたり一緒だよ」

「そこは迷子にならないようにしよう、じゃないの？」

円香のからかいに応えて、その手をぎゅっと握ってみる。

てっきり温かいと思ったのに、その指先は冷たくなっていた。

「あれ、寒い？　手、冷たくなってるよ」

「……緊張しすぎたせいかも。さっきから下手なことしないようにってどきどきしっぱなしだから」

さっきまでは私のほうが緊張していたのに、どうやら円香に移ってしまったようだ。

今度は私が緊張を解く番かもしれないと思ったその時――。

「円香」

唐突に割り込んできた第三者の声に振り返る。

そして、ぎょっとした。

「筑波社長……？」

彼は相変わらず無表情のままだったけれど、真っ黒な瞳には焦りや戸惑いがうかがえた。

なぜ先ほど壇上で話していた人が、こんなところにいるのか。

いや、それよりもなぜ、私の親友の名前を呼んだのか。

不思議に思う私の横で、ふたりはなにやら難しい顔で話をしている。

大丈夫かなと思ったところで円香が私のほうを見て苦笑いした。

「そっくりさんじゃなくて、本人だったみたい」

「え……。じゃあ、筑波社長が知り合いってこと……？」

「そういうこと」

軽く言っているように見えて、彼女の言葉の端々から緊張を感じる。

長年の付き合いがある私じゃなかったら、気づかなかったかもしれない。

彼は私のほうをちらりと見ると、円香の手首を掴《つか》んだ。

「ちょっと」

「話がある。……お前もそうじゃないのか」

ふう、と円香が息を吐いて筑波社長の手をほどく。

「ごめん、優陽。ちょっと抜けるね」

「気にしないで。適当に見て回っておくから」

この様子だと久しぶりに会うようだし、相手が相手なだけに滅多に会えるような人でもないだろう。

だったらいつでも会える私は譲ったほうがよさそうだ。

「私のことはいいから、ゆっくり話してきて」

「ありがとう。ひとりにしてごめんね」

ぎゅっと円香に抱きしめられる。

彼女を挟んだ向こう側で、筑波社長が唇を引き結んでいた。

「こちらの都合でひとりにするのも申し訳ないな。今、案内役を呼んでくる」

「えっ、そんな。お気遣いなく」

慌てて言うも、もう彼は背を向けて行ってしまった。

「……ほんと、人の話を聞かないんだから」

円香がぽつりと言ったのが聞こえて、単なる知り合いよりは深い仲にあったんじゃないかと邪推する。そう感じさせるだけの気安さが、今のひと言に滲んでいた。

でもそれにしては、名前を聞いてもすぐに知り合い本人だとわからなかったのが引っかかる。

突っ込んで聞くべきかどうか悩んでいると、筑波社長が背の高い男性を引き連れて戻ってきた。

案内役と言っていたから、てっきりスタッフだろうと思っていたのに、その顔を確認してぎょっとする。

「後は頼んだ」

「頼んだって、お前な」

筑波社長が連れてきたのは、水無月社長だった。

「も、もしかして案内役というのは……」

「どうやら俺のことを言っているらしいな」

私と同じくらい、水無月社長も困っている様子だった。

申し訳なくて慌てて首を左右に振る。

「お忙しいのに私の相手なんて」

「もうセレモニーは終わった。俺たちの役目は終わりだ。そうだろう、志信」

「……お前は言いだしたら聞かないからな。わかった、彼女のことは俺が引き受ける」

そんな、と声をあげるも黙殺される。

とっさに円香を見ると、申し訳なさそうな顔で両手を合わせていた。

「行くぞ、円香」

「逃げないから掴まないでってば」

円香が筑波社長に連れられてその場を離れる。

残された私は、改めて水無月社長と向かい合った。

「本当に大丈夫なんですか？　私でしたらひとりでも……」

「案内ついでに、君の感想や意見を聞かせてもらおうかな。それなら変に気を使わずに済むだろう？」

彼の中ではすでに案内をすることが確定事項らしい。

断り続けるのは申し訳ないし、ここは素直に受け入れたほうがよさそうだ。

どちらにせよ、円香が戻ってくるまでは時間があるのだし。

「わかりました。あまり気のきいた意見は言えないかもしれませんが、それでもよろしければ」

「お客様のひとりとして、率直な言葉が聞ければ充分だ。……と、改めて名乗っておこうか。俺は水無月志信という。短い間だが、よろしく頼む」

流れるような仕草で名刺を差し出され、わたわたと受け取る。

これが仕事なら冷静に対応できるのに、なんとも情けない。

せっかく引いたと思っていた緊張がまた戻ってきてしまったようだ。

「野瀬優陽と申します。よろしくお願いします」

「ゆうひさん、か。きれいな名前だな」

「あっ、ありがとうございます……」

名前を褒められたのは初めてだ。

気恥ずかしさとうれしさで頬が熱くなるのを感じる。

「どんな字で書くんだ？　普通に〝夕陽が沈む〟の夕陽？」

「いえ、〝優しい〟に太陽の〝陽〟です。私にはもったいないくらいの名前で」

「そうか？　まだ会ったばかりだが、君は優しくて明るい人に見えるよ」

「ありがとうございます」

彼が言った通り会ったばかりだし、お世辞なのは間違いないだろう。

だけどその言葉は存外私を喜ばせた。

「さて、こうして話しているのも時間がもったいない。さっそく案内しよう」

「はい、お願いします」

「そう堅苦しくならなくても。気楽にしてくれ」

そう言われたところで、素直にうなずけるはずもない。

私からすれば水無月社長は雲の上の存在で、今日のような機会がなければ一生関わらない世界の人だ。

恐縮しつつ、歩き出した彼の後をついていった。

プレザントリゾートは三つのエリアに区切られているらしかった。

オープニングセレモニーを行ったホテルは、そのままずばりホテルエリアと呼ばれていて、ほかにテーマパークエリアとリゾートエリアがある。

水無月社長はまず、ホテルの中を案内してくれた。

エントランスや、地下一階から三階まで占めるショップゾーン。ほかにも全部で三店舗あるレストランやバー、フィットネスジムやスパ、リラクゼーションルームまで紹介してもらった。

「どこもかしこも本当に素晴らしいです。こんなホテルに泊まれたら、一生の思い出になりますね」

「そう思ってもらえたならなによりだ。忘れられない思い出をつくってもらおう、というのがプレザントリゾートのコンセプトだからな」

彼は私のおもしろみのない感想にも丁寧に反応し、答えてくれる。

律儀に案内役を務めようとしている、というよりも、単純に会話を楽しんでくれているように見えるのがうれしい。

「いずれは国内のお客様だけでなく、海外からのお客様にも喜んでもらうのが目標だ。海外旅行で特別な思い出をつくれたら、もう一度行きたいと思ってもらえるだろう？」

「そうですね。新婚旅行で行った場所に、還暦を迎えてからもう一度行く……なんて話も聞きますし、夢があると思います」

「ああ、それはいいな。今はまだできたばかりで先の話になるが、今後のためにそういうプランも検討しておこう」

私が思いつくようなことなんてとっくに考えているだろうし、きっと彼がつくるプランは想像よりずっと素晴らしいものなのだろう。

「参考までに、どんな宿泊プランがあったらうれしいと思うか聞かせてもらえないか？　今あるものだと、記念日にシャンパンのプレゼントがあるものや、通常は一部のフロアの利用者しか使えないラウンジの使用が可能になる特別プランがあるんだが」

「うーん……」

水無月社長がちゃんと話を聞いてくれるから、ついつい私も真剣に考えてしまう。

必死に頭をこねくり回していると、ふっと笑う気配がした。

「すまない。悩ませてしまったな。そんなつもりじゃなかった」

「たしかに悩みますが、すごく楽しいです。夢みたいなプランでいいなら、理想を詰め込んだものを思いつきそうなんですが……」

「ぜひ聞かせてもらいたいな。君の理想を叶えられるよう、努力するよ」

ふわっと胸の内が熱くなる。

社交辞令に決まっているのに、彼の言葉には真実味があった。

「じゃあ、その……最上階のスイートルームが大前提なんです、けど」

「うん。それで？」

「まず、入ったら部屋の中が装飾されているんです。テーブルに花束が置いてあったり、ベッドにバラの花びらが散っていたり」

「なるほど？　やはり女性は花に喜ぶものなのか」

「個人差はあると思います。でも普段もらう機会がないので、特別感があってうれしいなと」

答えながら、水無月社長が花束を持った姿を想像する。

普段着でも絵になりそうだけれど、タキシード姿ならもっと映えるはずだ。

社長じきじきに花束をプレゼントするプランがあったら、値段はともかくチェックしてしまうかもしれない。

「それならオリジナルアクセサリーがついてくるプランは？　プレミア感もあるし、花と違っていつまでも手もとに残るだろう？」

「うーん……アクセサリー、ですか」

「あまり惹かれないか？」

「素敵だとは思います。だけど、アクセサリーは特別な人からもらいたいかもしれません……？」

なにげなく意見を伝えると、水無月社長がはっとした顔をした。

「その視点はなかった。そうか、どんなにプレミア感のあるものを用意しても、特別な相手からもらうプレゼントにはかなわないな。いや、完全に盲点だった。もらう側の気持ちは考えたことがなかったな」

まず間違いなく水無月社長はプレゼントをする側の人間だ。

それを考えると、たしかに私の意見は彼が思い至らないものだったかもしれない。

「お力になれてよかったです」

貴重な時間を割いて相手をしてくれている彼に、ようやくお返しができた気がして自然と笑みが浮かぶ。

「君のそれも、特別な人にもらったものなのか？」

耳もとで揺れるクリスタルガラスのイヤリングを言っているのだろう。

「これは今日のために、親友と買いに行ったものです。特別な人といったら、私には家族か親友くらいしかいないので……」

「意外だな」

「え？」

予想していなかった反応に驚いて、つい素で返してしまう。

「君に恋人がいないなんて……信じられない」

信じられないと言われても、事実は事実である。

「もしいたら、案内をお断りしていました。もちろん水無月社長にそのつもりがないのはわかっていますが、恋人がいるのに異性とふたりで過ごすのはよくないかなと」

「……見る目のない君の周りの男性陣には感謝しておこう。おかげでこんなに楽しい時間を過ごせている」

思いがけず向けられた笑みは、私の胸に小さな疼きを生み出した。

「水無月社長こそ、素敵な方がいらっしゃるのでは……？」

「いないよ。あまり女性とうまくやれるタイプじゃないんだ」

「それこそ嘘でしょう……？」

まだ彼と過ごして一時間ほどしか経っていないけれど、そんな短い時間でも惹かれる部分をたくさん見つけた。

会話を上手に盛り上げてくれるところや、さりげなくエスコートしてくれるところ。ホテルの感想を聞き流さず、素直に喜んでくれるところ。

真面目そうな人だと思っていたのに、意外と茶目っ気があるのか、おもしろおかしく裏話を教えてくれるところも素敵だ。

「話していてこんなに楽しいと思った男性は初めてです」

「そんなふうに言われると照れくさいな。ありがとう」

照れくさいと言うわりにはあまり表情に出ていない。

ちらりと覗《のぞ》いた冷静さが、魅力的な一面を語ろうとした私の口を閉ざしてくれた。

危なかった。もう少し遅かったら、彼を褒める言葉が止まらなかったに違いない。

それを思うと急に気恥ずかしくなって、目を合わせていられなくなる。

「……さて、ホテルの中もだいぶ案内したことだし、そろそろエントランスホールに戻ろうか。ふたりの話も終わった頃だろう」

「そ、そうですね」

そう言われるまで、円香の存在がすっぽり頭から抜け落ちていたと気づく。

ごめん――と心の中で謝りながら、夢のようなひと時が終わる予感に、少し切なさを覚えた。

＊　＊　＊

夢から覚めるまで猶予がもらえるなんて誰が想像しただろう。

しかも、私だけでなく水無月社長も一緒に過ごす時間を楽しいと感じていたなんて。

『もう少しだけ、君の時間をくれないか？』

私とのひと時を望んだ彼の言葉は、きっと一生忘れられない。

円香から連絡がないのをいいことに、私は水無月社長とホテルの外へ向かった。

セレモニーにてスタッフから説明があった大庭園は、三つのエリアの中心部に位置しており、入り組んだ道が中央の広場につながる形でつくられている。

道の左右には等間隔に木が植えられていて、人工的でありながら、森の中を散策しているような気持ちにさせる。とてもリゾート施設内を歩いているとは思えない。

「こんなに広いと、全部回るだけで一日かかっちゃいそうです」

「それぞれのエリアを回る専用の電車とバスを用意しているから、移動自体は簡単だ。もっとも、それらを駆使したところで一日に回りきれるものじゃないが」

その言葉には、『たった一日で満足できるような施設はつくっていない』という関係者としての自尊心が窺えた。

ホテル内を案内してくれた時からそうだったけれど、彼は自分や、自分の携わったものを卑下するような言葉を言わない。

見事なホテルをつくり上げた仲間たちへの感謝と尊敬の念が滲む説明は、聞いていて気持ちがよかった。

こんな短時間でも、彼が誰にでも対等に接し、自分のことのようにその行いを喜ぶ聖人だと気づくのだから、一緒に働いている人たちはなおさらだろう。

社長だから、というわけではなさそうだった。

純粋に『人間ができている』と思ったら、そんな彼を独占していることに申し訳ない気持ちと、ほんの少しのうれしさが込み上げる。

「あそこに見えるのは、セレモニーで言ってた観覧車ですか？　こうやって見るとすごく大きいですね」

「日本最大級だそうだ。どうせなら大きくしてやれ、と関係者で盛り上がった結果、あの大きさになった」

「えっ、そんな理由で……？」

驚いた私に、彼はいたずらっぽい笑みを見せる。

「表向きにはもっといい理由をつけてある。今のは内緒にしておいてくれ」

これまでも何度か裏話を教えてもらったけれど、こんなふうに内緒にしてほしいと言われたのは初めてだった。

彼との間に秘密ができた、という事実が胸を高鳴らせる。

私がうっかりときめいているとも知らず、観覧車はカラフルなイルミネーションで夜の空を彩っていた。

ただライトがついているだけでなく、光で模様をつくり出したり、花火のような動きを見せたりと、プロジェクションマッピングのようになっていて見飽きない。

大規模なテーマパークはいずれ、ファミリー層やカップル層にとって定番の場所になるのだろう。

「観覧車……乗ってみたいですけど、外から見るほうが好きかもしれません。せっかくきれいなのに、乗ったら見えなくなるのがもったいなくて」

「あの絶景を堪能しないなんて、そっちのほうがもったいない。プレザントリゾートの全景を見られるのは、ホテルの最上階フロアを除けば観覧車だけなのに」

「それを言われると心が揺らぎますね……」

「それに、大庭園はぜひ空から見てもらいたいな」

含みのある言い方をされて、観覧車と彼とを交互に見る。

「もしかして、上から見たらなにかの模様になっているとか、そういう仕掛けがあるんですか？」

「いつか自分の目で見てみるといい。俺の口からは言わないでおく。楽しみを奪いたくないからな」

そこまで言われるとますます気になってしまう。

でも彼は本当に黙っておくつもりのようだった。

「じゃあ、その時を楽しみにしておきます」

「ああ。案内が必要なら呼んでくれ」

「……すごい特権ですね？」

冗談なのはわかっていた。私が彼とこうやって過ごすのは今日限りだ。

だけどどうしても想像せずにはいられない。

もしも彼とふたりで観覧車に乗って、大庭園の景色を一緒に見られたら——。

そう考えて首を左右に振る。

水無月社長が私とふたりで観覧車に乗るなんて、またふたりでこんなふうに過ごす未来がくる以上にありえない。

「大庭園を見た君がどんな反応をするか楽しみだな」

彼が本当に楽しみにしているかのように言うから、胸がつきんと痛んだ。

もう少しだけ一緒に過ごせればいいと思っていたのに、もっともっとと欲張りになってしまう。

驚いた私を見た、彼の反応こそ見てみたい。

叶わない未来を思って急に切なさが込み上げてくる。

こんな気持ちは知らない——と思ったその時だった。

「ふやっ」

やわらかな地面に足を取られて体勢を崩し、奇妙な声が飛び出る。

「大丈夫か？」

とっさに水無月社長が支えてくれたおかげで転ばずに済んだものの、すっぽ抜けた靴が地面に倒れていた。

「わっ……と、とっ」

靴を履いた片足でバランスを取ろうとし、勢いよく腕の中に飛び込んでしまった。

すみません——と言おうとしたのに、声が出てこない。

支えてくれている腕は意外なほど頼もしく、細身に見えるぶんギャップが大きい。

それにこの距離の近さ。

鼻孔をくすぐるハーブのような、シトラスのような、それでいて微かにスパイシーさを感じる香りは香水だろうか？

こんな距離にならなければ、きっと感じることのなかった香りは、私の胸に奇妙な甘い疼きを生み出した。

「転ばなくてよかった。ひねってないか？」

「少しだけ。でもこの程度なら問題ありません」

「足もとまで気が回らなくてすまなかった」

「私が転んだのが悪いんです」

顔から火が出そうだ。しかもさっきから心臓が変な音を立てて大騒ぎしている。

早く彼から離れたいけれど、今は甘えるしかない状況でどうしようもない。

恥ずかしくていたたまれなくなっていると、水無月社長は私を支えて近くのベンチに座らせてくれた。

そして脱げてしまった靴を取りに向かってくれる。

そこまでさせてしまうなんて、と情けなくなっていると、彼は私の前に膝をついて靴を差し出してきた。

「そういえば昨日は雨だったたな。地面がぬかるんでいたらしい。もっと早く気づけばよかった」

「別に水無月社長が悪いわけじゃありません。天気なんてどうにかできるものでもありませんから」

「事前に対応を考えることはできただろう。道を舗装しておくとか……」

靴は泥で汚れてしまっていた。

申し訳なさそうに眉を下げている彼の視線を追うと、ドレスの裾にも跳ねた泥がついている。

「私こそちゃんと気をつけていればよかったんです。気にしないでください」

「そういうわけには。ドレスまで汚してしまった。……きれいだったのに」

「ハンカチで拭えば大丈夫です。こんな靴で歩き回ったら、あちこち泥がついちゃいますしね」

そう言ってバッグからハンカチを取り出そうとすると、その手を止められた。

自分よりずっと大きな手に触れられて、びくりと肩が跳ねる。

「ハンカチまで汚してしまうわけにはいかない。ドレスと靴を用意させてもらえないか？　ホテルにあるものから見繕うことになるが……」

「そこまでしていただくわけにはいきません……！」

「俺の気が済まない」

悔やんでも悔やみきれない、という表情で見つめられて言葉に詰まる。

結局、折れたのは私のほうだった。

「……わかりました。お言葉に甘えてお借りしますね」

「いや、用意したものは君のものにしてくれ」

「さすがにそれはお断りさせてください。用意してくださるだけでも充分ですよ」

「それなら後日、改めてお詫びの品を贈らせてもらう」

またぐっと言葉に詰まって口ごもる。

今、用意できるもの以上のものを渡される気がしてならない。

「じゃあ……今、いただきます。本当にいいんですか？」

「ああ。俺がしたいんだ」

長い指がドレスの裾についた泥の近くをさまよう。

それほど目立つ汚れでもないのに、かなり気にしているらしかった。

足もとに気がいかなくて転んだ私のせいだと考えると、申し訳なくなってくる。

「すぐに部屋を用意しよう。……そういえば部屋の中までは見せていなかったな。

ちょうどいい」

そこまでしなくても、とまた喉まで出かかった。

だけど、言ってもきっと彼は私が断れないようにするだろうと考えてやめておく。

「そうと決まったらすぐに着替えよう」

突然、水無月社長の手が背中に触れ、膝下に潜り込む。

「ま、待ってください。なに……!?」

なにをされるのかすぐに気づき、慌てて彼の広い胸に手を添えた。

「暴れないでくれ。この靴じゃ歩き回れないと言ったのは君だ。それに軽くとはいえ足をひねったんだろう？」

「言いましたけど……っ」

「だったら歩かせるわけにはいかない。それとも背負うほうがいいか？」

「本当に、お気持ちだけで大丈夫ですから！」

水無月社長に抱き上げられたり、おんぶされたりするなんて、考えただけで恐れ多くて目眩《めまい》がする。

ドレスや靴をもらうくらい、彼に運ばれることに比べたらかわいいものだと思ってしまうほどに。

「こんな、申し訳ないですし、恥ずかしいです……」

「野瀬さん」

子どもに言い聞かせるように名前を呼ばれ、また言葉に詰まる羽目になる。

こうなると、私に言えるのはひとつだけだ。

「……わかり、ました」

「落とす気はさらさらないが、首に腕を回してしっかり掴まってくれ」

　改めて抱き上げられ、顔を覆いたくなる。

　ただでさえこんなに密着しているのに、彼の首に腕を回して掴まるなんてできそうにない。

　でも、水無月社長は私を横抱きにしたままなかなか立ち上がろうとしなかった。

　私がちゃんと掴まるまで待ってくれているのだと気づき、意を決してぎゅっと抱きしめる。

「……軽いな」

　やっと立ち上がった水無月社長がぽつりと言った。

「重いです……」

「これで？　このまま君の家まで運べそうなくらい軽いのに」

　本当にそんなことになったら、家にたどり着く前に私は恥ずかしさで失神しているに違いない。

　顔も上げられず、かといってそっぽも向けず、うつむくばかりの私に、水無月社長はもうなにも言わない。

　細身からは想像もできない逞《たくま》しい腕に支えられ、私の心臓はいつ破裂してもおかしくないほど激しく高鳴っていた。

ある程度覚悟していたのに、水無月社長のお詫びは私の想像を超えていた。

着替えのために急遽用意されたのは、ホテルの最上階。いわゆるスイートルームだ。

エントランス部分だけでも私が住んでいる家とはまったく違っている。

最寄り駅まで徒歩十五分、家賃七万のワンルームアパートと比べるほうが間違っているといえばその通りなのだけれど。

説明されずとも特別感を訴えてくるその部屋は、調度品も素晴らしかった。

白を基調とし、ところどころが金で装飾されている。

ホテル全体と同じテーマの部屋だということなのだろう。それもまた、ここがこのホテルの特別な部屋という事実を再認識させてくれる。

派手さを感じかねない金色が施されているのに決して下品には見えず、むしろ高級感を引き立てているのも感動的だった。

どの程度の装飾にするか、部屋のどこにどういった形で配置するのか、完璧に計算されているからこうなっているんじゃないかと思わされる。

棚に用意されたグラスはクリスタルガラスで、うっかり割ってしまったらと考えただけで手が震えた。

「今、ドレスと靴を持ってくる」

「……ありがとうございます」

やっと彼の腕から解放されてほっとしたのもつかの間、下ろされたソファはあまりにもふわふわすぎて逆に恐ろしい。

私のような一般人が座っていいものなのだろうか、なんて思っている間に、水無月社長は部屋を出ていった。

とりあえず、靴は脱いでおく。

床や絨毯を汚さないように気をつけながら脇に置き、ひとまずひと呼吸した。

「……夢みたい」

今日、何度そんな感想を抱いただろう。

円香と一緒だったらきっと室内を探検しただろうけれど、今はとてもそんな気になれない。

社長じきじきに案内してもらったうえに、靴とドレスの用意まで。しかも借り物じゃなく、そのまま私のものにしていいときた。

本当にいいんだろうかと思いながらしばらく待っていると、ノックの音が聞こえた。

ドアを開くと、そこには水無月社長と女性スタッフの姿がある。

「好きなものを選んでくれ」

「えっ」

スタッフが台車を部屋の中へ運び込んだ。

積み上げられた箱は大小あり、水無月社長の発言からしてこれがドレスと靴なのではないかと考えられる。

ただ、ちょっと数が多い気がした。どう少なく見積もっても十ずつはある。

「好きなもの……ですか」

「ああ。気に入るものがあればいいんだが」

恐れ多い気持ちがまた込み上げる。

でも、さすがにどうするのが一番丸く収まるか自分でもわかっていた。

ここはおとなしく水無月社長の厚意に甘えて、好きなものを選ばせてもらおう。

「俺は外に出ている。——彼女に手を貸してやってくれ」

「かしこまりました」

水無月社長は私のことをスタッフに任せて部屋を出ていった。

「社長はどちらへ……？」

「お着替えの邪魔にならないよう、席をはずしたのだと思いますよ」

「……わざわざ気を使わせてしまって申し訳ないです」

スイートルームにはいくつも部屋がある。

私がそのうちのひとつに移動すればいいだけなのに、彼は外に出るという選択をしてくれたようだ。

こうなったらあまり待たせないためにも、早く選んだほうがいいだろう。

「ドレスから見せてもらってもいいですか？」

「はい、承知いたしました。それではこちらの箱からお開けいたしますね」

女性スタッフの手を借りて着替えを済ませた後、廊下にいた水無月社長を再び室内へ迎え入れた。

着替えを手伝ってくれたスタッフが入れ替わりに出ていき、荷物をのせた台車を運んでいく。

「すみません、お待たせしました」

「ああ。今、適当に軽食を頼んで……」

言いかけた水無月社長が私をまじまじと見て言葉を切った。

「なにかおかしかったでしょうか……？」

「いや、きれいだなと。さっきまでのドレスも似合っていたが、この色も素敵だ」

率直な褒め言葉に胸がきゅっとした。

着ている私に華がないせいで、きっとちぐはぐに見えるだろうと思ったのに、褒めてもらえて純粋にうれしい。

私が選んだのは、一番シンプルなクリーム色のドレスだ。

ほかのドレスはどれもこれも立派すぎて選べなかった。なにせ、触っただけで生地のなめらかさに震えるほど上質なものばかりだったのだ。

よそ行きのワンピース程度のものだろうと思っていた自分が少し恥ずかしい。やはり彼は私とは違う上流階級の人間なのだろう。

「私なんかにはもったいないドレスです。ありがとうございました」

「もったいないどころか、君のために作られたドレスじゃないかと思ったくらいだ。本当によく似合う」

これ以上褒められたら恥ずかしくて卒倒してしまいそうだ。

「あ……ありがとうござい、ます」

耳まで熱くなるのを感じ、告げたお礼が途切れ途切れになる。

男性に褒められた経験なんて一度もない。

いや、あることにはある。だけど、〝彼〟の言葉はどこまで本気だったのだろう。

苦い記憶がよみがえりかけて、無意識に眉間に力が入った。

私とは対照的に、水無月社長は余裕のある表情をしている。

自分が変に意識しすぎているんじゃないかという気がして、その顔を見られなくなった。

そこにまた、ドアをノックする音が響く。

「早かったな」

そう言った水無月社長が私の代わりに応対してくれる。

戻ってきた彼の手には、銀色のトレイにのった軽食のプレートがあった。

「ホテル内をずいぶん歩いたし、休憩が必要だと思ってな。頼んでおいたんだ」

そこまでしてもらうのは申し訳ない――と辞退しようとして、ぎりぎりのところでのみ込んでおく。

すでに用意されたものを断るのは、厚意に甘え続けるよりも申し訳ない気がした。

「なにからなにまですみません」

「ほかに必要なものがあれば言ってくれ。用意させる」

「……はい」

彼は用意させることができる側の人間なのだ、となにげないひと言から思い知る。

やはり私とは違う世界に住んでいるということだろう。

プレートにはカナッペとチーズ、ドライフルーツが上品に盛られていた。

こういうかわいい食べ物は円香が好きそうだと思いながら、慎重な手つきでレーズンをつまむ。

口に入れて噛みしめると、なじみのあるぶどうの甘い味わいが広がった。

違うのは私が知っているレーズンよりもっと芳醇で、甘みも凝縮されているところだろうか。枝付き、というのもなんとなくおしゃれだ。

「おいしいです」

「よかった。厳選したかいがあったよ」

水無月社長がひとり分の距離を開けて私の隣に座る。

彼の重みに合わせてソファが沈み、隣同士に座っている事実を実感させた。

居心地が悪いような、そうでないような微妙な沈黙が落ちる。

さまよわせた視線は、品よく座る水無月社長の膝で止まった。

「あ、そこ……」

おそらくは上等だと思われるスーツに土がついている。

なぜ、と考えてから、靴を拾った彼が私に差し出そうと地面に膝をついていたのを思い出した。

「ん?」

「ちょっと待ってくださいね」

今度こそバッグからハンカチを取り、身を乗り出して水無月社長の膝に手を伸ばす。

「ここも……」

気づかないうちに跳ねていたのか、泥がジャケットの裾にもついていた。

それも一緒にハンカチで拭うと、戸惑いに満ちた声が降ってくる。

「言ってくれれば自分でやるんだが……」

「え?」

顔を上げると同時に、せっせと動かしていた手が止まった。

手を伸ばさずとも触れられる距離に、見目麗しい顔がある。

まつげの本数まで数えられそうだ——と考えてから、ふわっと彼の香りを感じて意識が現実に戻った。

「す、すみません」

ソファの一番端まで身を引いてうつむく。

意図したものではないけれど、こんな距離まで自分から近づいてしまうなんて。

困惑する水無月社長の視線を感じ、顔を上げられそうにない。

いろいろと気遣ってもらったから、なにか返したい気持ちがあった。だから彼の服が汚れているのを知って、きれいにしなければと思ったのだけれど。

「結局汚してしまったな」

持ったままのハンカチを、水無月社長が優しく取り上げる。

「俺のために、すまない」

「ハンカチなら家でも洗えますから。スーツは平気ですか？　シミにならなければいいんですが……」

「その時は新調する。気にしないでくれ」

その答え方からまた、彼は違う世界の住人だと察する。

節約のために今ある服をなるべく長く着ようと、シミ抜きに勤しむような相手ではないのだ。

「そ、そうですよね。すみません」

「そう恐縮しなくていい。本当に大丈夫だから」

「でも、私のせいで……」

「そんなふうには思っていない。だからいいんだ」

優しい言葉も、今はますます申し訳なさを煽《あお》るばかりだった。

いたたまれずにうつむくと、ふとバッグから振動を感じた。

「ごめんなさい、電話みたいです」

スマホを手に立ち上がろうとして、ソファのやわらかさに体をとられる。

ひっくり返る前に背中を支えられたけれど、振り返ってお礼を言う前にスマホから円香の声が響いた。どうやら、画面に指が触れていたようだ。

『もしもし、まだプレザントリゾートにいる？』

水無月社長が私に向かって、声には出さず唇を動かす。

このまま電話を続けてかまわないと言ってくれているのを理解し、感謝と謝罪を込めて軽く頭を下げた。

「うん、ホテルにいるよ。今は——」

『ごめん、待たせちゃったよね。もっと早く連絡すればよかった。この後、一緒に帰れなくなりそうなの。だから、私のことは気にしないで。遅くなる前にきりのいいところで帰って大丈夫だよ』

「筑波社長との話は終わったの？」

『一応……？』

煮えきらない返答だけれど、ひとまず彼女が言っていたように旧交を温めることはできたようだ。

『この埋め合わせは今度するね。本当にごめん』

「謝らないで。またそのうち会おうね」

『うん。それじゃあ、またね』

最後に円香はもう一度、『ごめんね』と言って電話を切った。

スマホをバッグにしまう前に、待ってくれていた水無月社長に説明をする。

「友人と筑波社長の話が終わったようです。先に帰っていいと言われました」

「じゃあ、もう帰るのか？」

「……はい」

本当はもっと彼と話をしたかったけれど、これればかりはどうしようもない。

夢から覚めて現実へ戻る時が来たのだと、残念に思う気持ちを抑え込む。

「ここまでお付き合いいただきありがとうございました。プレザントリゾートの裏話もたくさん聞けて、本当に楽しかったです」

「こちらこそ、思いがけず楽しい時間になった。藍斗にも感謝しないとな」

名前で呼ぶあたり、筑波社長とは仲がいいのだろう。

「また案内が必要になったらぜひ呼んでくれ。まだ紹介したい場所がたくさんあるんだ。君の意見は貴重だし」

「その時はぜひ」

きっとそんな日はこないと、水無月社長もわかっているだろう。

プレザントリゾートのオープンでますます忙しい日々を送るだろうし、それでなくても社長としてやることが山のようにあるはずだ。

今回の案内だって、友人の筑波社長に頼まれたからにほかならない。

「軽食、せっかく用意してくださったのに残してごめんなさい」

「いいんだ。またゆっくりできる時に、軽食の感想も聞かせてくれ」

「はい。……あっ、汚れたドレスと靴なんですが処分していただいてかまいません」

ぎりぎりのところで思い出せたことにほっとする。

「そういうわけにもいかないだろう。クリーニングしておく。取りに来てくれ」

「取りに……」

「ああ。俺の連絡先なら名刺に書いてあるから」

たしかに彼の名刺は渡されたけれど、そこに連絡する日がくるかもしれないなんて思いもしなかった。

「……わかりました」

小さな違和感を覚えつつ、うなずいてから部屋の外へ足を向ける。

「下まで送って――いや、すまない。用事ができてしまった」

苦々しく言った彼の手にはスマホがあった。

スタッフの誰かから連絡があったのか、あるいは円香との話を終えた筑波社長からの連絡なのか。

どちらにせよ、これで本当にさよならだ。

「筑波社長にもよろしくお伝えください。……それでは失礼します」

また呼び止められたらいいのに、なんて思った自分に少し驚く。

今日が本当に素敵な日だったから、きっと欲張りになっているのだろう。

水無月社長との楽しいひと時は、しばらく忘れられそうにない。

またこんな夢を見たいと思うと同時に、これが最初で最後だろうとわかってもいる。

とりあえず、特別な時間については円香に報告しようと思った。

運命の夜

夢のようなひと時から、あっという間に十日が経った。

私の身の回りに大きな変化はない。

今日も会社のパソコンのキーを叩きながら、備品の管理と消耗品の発注、資料のまとめと一般的な事務員らしい仕事をするだけ。

あたり前の日常こそが現実だとわかっているから、あの日を夢のようだと思うのかもしれない。

「野瀬さん、ごめん！　数字の確認、残ってるところをお願いしてもいい？　子どもが熱出しちゃったみたいで、迎えに行かなきゃいけないの」

横から声をかけられてとっさに首を縦に振る。

「わかりました。後は任せてください」

「いつもいつも本当にごめんね。この埋め合わせは必ず……！」

同僚がぺこぺこ頭を下げながら慌ただしく早退するのを見送り、彼女の分の仕事に手をつける。

三歳の娘さんはよく熱を出すようで、こんなふうに仕事を代わることが多い。

以前ほかの社員から嫌みを言われたらしく、今は私がお願いを聞いている。

仕事を押しつけられているんじゃないの、なんて私も言われたけれど、そんなふうには思わない。

私の両親は幼い頃に事故で亡くなった。

引き取ってくれた親戚夫婦は私を立派に育ててくれたけれど、もっとたくさん両親と過ごしたかったという気持ちはいつまでも消えない。

だから、母親である同僚を助けたいというよりは、彼女の子どもが寂しい思いをしないよう手伝いたいという気持ちで協力している。

「あ、ズレてる」

数値の欄がひとつズレていることに気づき、修正をかける。

このままでは誤発注でガムテープが三百個届くところだった。

ほっとしながら、最後の欄まで問題がないことを確認し、最終チェックをお願いするためメールを部長に送る。

集中力が切れたタイミングで、ふとスマホの通知に気づいた。

円香からだ。

なにかあったのだろうかとスマホを確認し、「え」と声が出る。

【結婚することになったよ】

見間違いかと思ったけれど、スマホにはしっかりその文字が記されている。

【急な話でびっくりさせてるよね？　でもちゃんと報告したくて】

【式はしない予定だから、本当に報告だけになっちゃうんだけど】

【だからしばらく会う時間取れなそう！　また落ち着いたらお茶しよ】

立て続けに送られてくるメッセージは、どれも現実感がない。

円香が結婚？　こんなに急に？

たしかに私たちは親友だけれど、恋愛に関してだけはお互いに話題を避けていたように思う。

私が高校の頃に交際していた恋人との苦い思い出のせいだろう。

元カレは、私も含めた複数の女の子と同時に交際し、彼女たちに断られたプレゼントを私に横流ししていた最低の男だった。

吹っ切ったとはいえ、万が一にもそんな男を思い起こさせるかもしれないなら、自分の恋愛についても話さない――円香はそういう気の使い方をするタイプだ。

唯一あるとしたら、一度だけ私に『もう恋愛はしたくない』と言ったことだろうか。

酒の勢いでこぼしたそれについて、円香が詳しく語ったことはない。私も聞かれたくない雰囲気を感じたから、触れずに今日まできてしまった。

そんな円香が、なぜ?

違和感はありつつも、ここで電話して問いただすのはおかしい気がする。

なぜなら彼女は、〝結婚を考えている〟ではなく〝結婚することになった〟と事後報告を連絡してきたのだから。

【ずいぶん急だね。びっくりしたよ】

そう打ち込んで、子犬が驚いた顔をしているスタンプを一緒に送る。

【でもおめでとう！ 新婚生活でバタバタするだろうし、落ち着いてからゆっくりお祝いさせてね】

その直後、円香から【ありがとう】とハートを背景に、甘えた顔をする猫のスタンプが送られてきた。

結婚に疑問は残るけれど、幸せな報告ではあるはずだ。

これまで単純に恋人の話をしなかっただけかもしれないし、あまり穿《うが》った見方をするのもよくないだろう。

直接会えないなら、オンラインショップで結婚祝いのプレゼントを探すのもいいかもしれない――と思った時、部長がこちらにやって来るのが見えた。

「野瀬さん。今、時間大丈夫ですか？」

「はい」

なんだろうと思う私に背を向け、彼女は会議室へと歩き出した。

わざわざ会議室に移動して話すなんて、あまりないことだ。それもこんな急に。

訝《いぶか》しみながら会議室に入ると、部長がほろ苦い笑みを浮かべてため息をついた。

「本当に言いにくいんだけど……実はうちの会社が吸収合併されることになりました」

「えっ、そうなんですか？　もしかして最近、人事部がバタついていたのって」

「やっぱり察する人は出てきちゃうか」

なにやら嫌な予感を覚える。

あたらないことを願い、無意識に両手の指を組んでいた。

「それで、なんですが」

「はい」

「……人員を整理することが決まりました」

私の祈りは神様に届かなかったようだ。

人員整理が決まった状況で、社員のひとりを会議室に呼び出す――。

次になにを言われるかは簡単に予想できた。

「いわゆるリストラ、ですか」

「そう思ってもらってもかまいません。……最後までがんばってみたけど、上の決定を覆すのはどうしても難しくて。本当にごめんなさい」

部長は本当に悔しそうに唇を噛みしめていた。

入社当時から上司としてよくしてくれた彼女が、こんな顔をするなんてよっぽどだ。

「ただ、今なら退職金を多めに受け取ることができます。こんなことは言いたくないけれど、野瀬さんならどこに行っても即戦力だと思う。だから下手に戦おうとしないで、次の会社に移ったほうが絶対にいいです」

「……ありがとうございます。そういうことなら、転職活動を始めなきゃですね」

「私もひと通り引き継ぎを終えたら転職するつもり。がんばってきたのに切り捨てるなんて、こんなのやってられません。長年一緒にやってきた人に退職を勧める仕事なんか二度としたくないですしね」

「そう言ってくれる人がいるだけで救われます。今までお世話になりました」

「こちらこそ、これまで野瀬さんにはたくさん助けられました。新天地でも活躍できるよう、応援してます」

いい人だなと思いつつ、頭を下げて会議室を出る。

また部長が別の同僚を呼び出すのが見えて、なんとも言えない気持ちになった。

退職金をもらえるとはいっても、職がなくなるならのんびりしていられない。

なぜなら私は、自分の生活費以外に養父母に仕送りをしているからだ。

早くに亡くなった両親の代わりに親になってくれた親戚夫婦は、大きく育ってくれたならそれでいいと言ってくれたけれど、私の気が済まなかった。

ふたりが豊かに、幸せに暮らせるための手伝いをしたくて、半ば強引にお金を受け取ってもらっている。

今回の件でそれを打ち切る真似はしたくない。じゃあこれからどうするか。

今後のことを考えていたら、残りの仕事はいつの間にか終わっていた。


定時を十五分ほど過ぎて退社すると、なにやら会社の外が騒がしい。

「どうかしたんですか?」

見知った社員の顔を見つけて尋ねてみる。

彼女は私を振り返ると、人混みの向こうを指さした。

「なんかとんでもない人がいるみたいで」

なんともざっくりした説明だ。

とんでもない人とやらが気になって、彼女が示した指の先を見る。

「……え、どうして」

すらりと長い脚に、私より頭ひとつ分以上高い身長。抜群のプロポーション、という言葉は女性に向けられることが多いけれど、きっと彼にもふさわしいだろう。

そこにいたのは、どう見ても水無月社長だった。

会社の敷地と歩道を隔てる門の前で立ち尽くす彼は、誰かを探すように辺りを見回している。

話しかけられる空気ではなく、横を通り過ぎる社員たちも興味と疑問を顔に浮かべていた。

「うちが吸収合併される話、聞きました？ もしかしたらウェヌスクラースの傘下に入るのかも」

とんでもない人がいると言った彼女の声は興奮を示して弾んでいる。

「土地開発会社が、インテリア雑貨を販売する会社に興味を持つんでしょうか……？」

「どこでどうつながってるかわからないですもん。夢くらい見させてくださいよー」

明るく言った彼女は、「それじゃあ」と遠ざかっていった。

たしかに水無月社長のもとで働けるなら幸せかもしれない。

一般人の私の感想や意見を真摯に聞いてくれるような人なら、社員の発言も積極的に聞き入れてくれるだろう。

うちの会社の前に現れたのは、きっと吸収合併の話が理由だと思いながらも、心のどこかで違うかもしれないという気持ちがあった。

結局私は、ドレスも靴もまだ取りに行けていない。

彼の優しい声と笑みを思い出せるうちは、会うのが怖い気がして。

そうはいっても、水無月社長は忙しい人だ。

毎日たくさんの人と接しているだろうし、私のことなんてきっと忘れているに違いない。

気づいてほしいような、ほしくないような。

どきどきしながらほかの社員と同様、知らないふりをして彼の前を通り過ぎようとする。

「見つけた」

不意に腕を掴まれて息をのむ。

振り返ると、私をまっすぐに見つめる水無月社長の姿があった。

「水無月社長……」

「申し訳ないが、至急話をしたい」

「急にそんなことを言われても」

あの日出会った彼はもっと余裕のある穏やかな人だったのに、今はひどく焦って見える。

そこに、近くの車から降りた人物が駆け寄ってきた。

「社長、またこんなところを見られたら面倒なことになります」

「……そうだな。野瀬さん、車に乗ってもらえるか？　話はそこでしよう」

名前を呼ばれたことにぎょっとしながら、流されるようにして車に乗せられる。

あまり車には詳しくないけれど、きっと高級車だろう。

後部座席に乗せられると、バタンとドアを閉める音がした。そして車がすぐに走り出す。

知った顔とはいえ、あまりにも無防備に従ってしまった自分を恥じる。

「なにが起きているんですか？　どういうことなのか教えてください」

「これを見てくれ」

隣に座った水無月社長が差し出してきたのは、複数枚の写真だった。

ホテル内を見て回る私と彼の写真ばかりで、大庭園のものも混ざっている。

確認しながら、私は自分の顔がこわばっていくのを感じていた。

まず、仲よく手をつないでいるように見える写真。これは階段を下りる際に、エスコートしてもらった時のものだ。

あきらかに盗撮だと思われる角度から撮られている写真の中には、まるで私と水無月社長がキスをしているかのように見えるものもある。

極めつけはスイートルームに運ばれる際の写真だ。

あの時、彼は従業員にも会わないよう慎重にルートを決めてスイートルームまで向かった。

私が恥ずかしがったからかと思ったけれど、この写真の数々を見た今ならわかる。

あれは下世話な誤解を避けるためだったのだ。

それなのになぜ、彼のもとにこんな写真があるのかがわからない。

「どうしてこんなもの……」

「あの日、招待客の中には報道関係者が大勢いた。審査したつもりだったが、マナーの悪い輩というのはどこからでも潜り込んでくるらしいな」

「……この写真があると、どうなるんですか？」

写真と現在の状況が結びついているのはすぐにわかった。

「最悪の場合、プレザントリゾートの評判に傷がつきますね」

答えたのは水無月社長ではなく、運転している男性だった。

さっき社長を急かした人物だ。

さっぱりとした短髪からはスポーティーな印象を受けるけれど、理知的な眼差しは研究者のようにも感じさせる。

「魅上《みかみ》、そんな言い方はやめてくれ。……失礼なやつですまない。俺の秘書だ」

なるほどとうなずいておく。

「社長の説明では重大さが伝わらないでしょう」

赤信号で車が止まると、魅上さんはバックミラー越しに私を見た。

「もし、セレモニーの当日に社長が女性を連れ込んで密会していたと報道されたら？ 招待客のひとりに手を出した、なんて見出しも注目を浴びそうですね。とにかく、そんなふうにおもしろおかしく騒ぎ立てられたら、プレザントリゾートのイメージは最悪です」

「ですが、この写真を撮られた時の状況はそういうものじゃありません。私が転んだから助けてくださっただけですし、それに……」

「事実がどうであれ、すでに写真は撮られてしまったんです。件《くだん》の記者が所属する会社には厳重注意とデータの消去を命じましたが、施設内で撮影したものは自社に権利があるとの一点張りで――」

「責められるべきは野瀬さんじゃない。彼女を巻き込んだ俺だ」

言葉尻がきつくなる魅上さんを止め、水無月社長が私に申し訳なさそうな眼差しを向ける。

「今、説明した通りだ。こうなったからには、妙な噂を流される前に対処する必要がある」

「具体的にどういったことをするつもりですか？」

再び走り出した車の音が、どこか遠く感じられる。

「俺と結婚してもらいたい。この関係が遊びではなく、本物だと見せるために」

「けっ……こん」

それはさっき、円香から聞いた言葉だ。私のものではない。

「水無月社長と私が、ですよね」

「そうだ」

「そんな……急に言われても」

いや、急に言われなくたって同じだ。彼との結婚なんてどう反応すればいい？　うなずけるはずもないけれど、だからといって無理だと断るのもしづらかった。もし私が拒否すれば、彼はきっとひどく困るだろう。あの時、私が転ばなければこんな事態にならなかったのだから。

「問題解決のために協力したい……とは思います。だけど、結婚なんて」

「ただでとは言わない。今回の契約結婚には充分な報酬を用意するつもりだ。君が望むだけ、欲しいものを与えよう」

誠実な態度だと思うと同時に、改めて彼とは生きてきた世界が違うのだと思い知らされる。私がなにを願っても叶えられるだけの力を、本当に持っているのだろう。

「報酬なんていただけません。今回の件は私にも問題があるのに」

「君はなにも悪くない。俺の事情に巻き込まれただけだ」

「そうは思えません。あの時、転んだから……」

「どうせ結婚には承諾してもらうことになるんです。ついでにいい思いくらいしようとでも言ってくれないと、社長が困るじゃないですか」

「やめろ、魅上。そういう言い方をするな」

魅上さんは焦っているようだった。

結婚を拒めば困る人が、水無月社長以外にもいる事実を突きつけられる。

結婚なんて考えられない。けれど、どう考えたってその選択しかない状況だ。

誰も困らせたくないし、間違ってもあの素晴らしいリゾート施設に傷などつけたくない。

「結婚……するしかないんですね」

「……ああ」

水無月社長が重苦しい息を吐いて答える。

いっそ魅上さんが言うように、報酬をもらっていい思いをしたいと願ったほうが、彼の罪悪感を取り除けるのかもしれない。

「じゃあ……ひとつだけ、お願いしてもいいでしょうか?」

「ああ、なんだ。なんでも言っていい。遠慮なく」

水無月社長があきらかに安堵した様子で前のめりになる。

やはり報酬を要求したほうが彼のためになるようだ。

「でしたら、転職活動の手伝いをしていただけると……」

「転職?」

「はい。諸事情あって、今の会社を退職するんです。だから新しい職場をご紹介いただけたら、あの、それで充分です」

「……そういう報酬は予想していなかったな」

腕を組んだ水無月社長が、低く唸って息を吐く。

「もし難しければ、おすすめの職場を教えていただくだけでも」

「ふはっ」

慌てて言葉を重ねると、運転席で魅上さんが噴き出すのが聞こえた。

「魅上。笑いごとじゃないだろう」

「すみません。そうくるとは思わなかったものですから」

「図々しいお願いだったでしょうか？」

「いや、その逆だ。君は欲がないんだな。俺も魅上も、金銭の話をしていたつもりだったから」

あ、と小さく声をあげてうつむく。

たしかにそっちのほうが、転職先を紹介してもらうよりずっとスマートだ。

「仕事を楽しいと思う気持ちは俺もわかる。だが、本当にそれでいいのか？」

「え、ええと、その、仕送りをしているので」

「仕送り？　たしか君のご両親は共働きだったはずだが」

「どうしてそれを？」

「先に言っておくべきだったな。今回の件で、君のことを調べさせてもらった。……勝手な真似をして申し訳ない」

「こういう状況では仕方がないことだと思います」

複雑な気持ちがないというと嘘にはなるけれど、仕方がないと理解もできる。

私がどんな人間なのか、彼にわかるはずがないのだから。

「共働きですが、今まで大切に育ててもらった恩返しがしたいんです」

「そうか、君は……」

私について調べたのなら、今の両親が実の親ではない事実も知っているだろう。

「そういうことならば、代わりに仕送りを担当しよう。どうしても働きたいという希望がないのなら、俺が君を専業主婦として雇うのはどうだ？」

「水無月社長が求めるような家事ができるかというと、怪しいです。人並みにはできるつもりですが、雇われるほどの力量は……」

「いい。俺も多くは望んでいない。君が最低限納得する形にしたいだけだ」

そう言われて、自分がわがままを言っている気持ちになった。

私のために理由をつけてくれているのに、文句を言って困らせたくはない。

「わかりました。できる限りがんばります」

「無理に完璧を目指さなくてもいい。それだけは覚えておいてくれ」

「はい」

契約結婚の妻になってほしいと言われるより、専業主婦として雇うと言われるほうが気が楽だ。結果的には変わらないとしても。

「それと、大事なことがひとつ。仮にも夫婦になるんだから、水無月社長と呼ぶのはやめてくれ」

「そうですね。では、なんとお呼びすれば……？」

「志信でいい。あだ名をつけたいなら、それでもかまわない」

「い、いいえ、志信さんと呼ばせてください」

名前で呼ぶのも気が引けるけれど、あだ名よりはまだいい。

「敬語も使わないようにしてもらえるか？」

「……善処します。でももう少しだけ、敬語のままでもいいですか？　どうしてもすぐには慣れそうになくて」

「わかった。敬語に関してはいつか慣れた時でかまわない。……俺も君を名前で呼ばなければならないな。優陽さん、と呼んでも？」

まともに名前を呼ばれ、どくんと大きく心臓が跳ねる。

「も、もちろんです。お好きに呼んでください」

「ああ。じゃあ――優陽さん」

「はい。……志信、さん」

名前を呼び合うだけのことが、どうしてこんなに恥ずかしいのだろう。

呼び捨てにされないのも、大切に扱われているような気がしてくすぐったい。

「外でもそんなふうにぎこちないやり取りをしないでくださいね。くれぐれも、おふたりの結婚が偽装だと知られないようにお願いしますよ」

魅上さんの鋭い指摘が、淡い気持ちでふわふわしていた私を現実に引き戻した。

「たとえ家の中だろうと、ふたりきりの時だろうと、夫婦らしくすることを徹底してください」

「そうだな。……よろしく頼むよ、優陽さん」

「こちらこそ、がんばります」

ふたりきりだろうと、夫婦らしくする。

言葉にするのは簡単でも、実際にその時がきたら、恥ずかしくてすぐに応えられるか怪しい。

だけどやらなければ志信さんを困らせるだけだ。

——がんばろう。偽物の妻として。

まさかこんな事態になるとは思わなかったけれど、相手が志信さんなら大丈夫だろうと考える自分もいる。

彼にもそう思ってもらえるよう、偽物の夫婦生活をつくるのが私の新しい仕事だ。

波乱の結婚生活

　契約結婚を引き受けてから三日後、私は〝水無月優陽〟になった。左手の薬指を飾るプラチナの指輪がその証だ。

　その後は会社に退職届を出しつつ引き継ぎを行い……と慌ただしく過ごし、月が変わる頃にようやく引っ越し作業と手続きを終えた。

　万が一にもこの結婚が偽物だと気づかれないよう、同居まで徹底すると聞いた時はさすがに驚いた。

　例の写真は私たちの結婚発表から遅れて公の目にさらされたため、完全に話題を持っていかれたようだった。結婚した意味があった、ということだろう。

「君の部屋はすでに整えてある。足りないものがあったら言ってくれ」

「はい」

　これまでは荷物を送るばかりだった彼の家に、初めて足を踏み入れる。

　オートロック式の高層マンション。そして最上階の三十階すべてが自宅だという。いわゆるペントハウスというやつだ。

玄関を入ってすぐ、廊下の先に広そうなリビングが見えた。左右にはいくつもの扉があり、部屋数も同じだけあるのがうかがえる。

私の部屋は玄関から入って右の廊下に進んだ先にあった。

「正面は俺の部屋だ」

「わかりまし……」

部屋のドアを開けながら言われたせいで、言葉が途切れてしまう。

ひと言で言うと、広い。

ベッドや本棚、テーブルやドレッサー、タンスに小さめのソファと家具が揃《そろ》っているのに、少しも狭さを感じない。

大きな窓のおかげか、それとも色調を白に揃えているからか、室内は明るく見えた。

「広いですね」

「違う部屋のほうがよかったか？」

「そういうわけじゃないんですが……」

室内をおっかなびっくり歩いてみると、間違いなく十五畳はある。

この部屋と比べたら、私が少し前まで住んでいたワンルームは物置と同じだ。

「ここはクローゼットですか？」

そう言いながら壁にあるドアを開けて、また絶句する。

部屋の中に、もうひとつ小さな部屋がある。そう思った。

「そうだ。チェストも用意してあるが、容量は足りそうか?」

「この三分の一でも充分だと思います……」

恐ろしいのは、これが彼の住居の一部でしかないという事実だ。

改めて、とんでもない相手と結婚してしまったのを実感する。

「こんなに広いと思わなくてびっくりしました。素敵な部屋を用意してくださってありがとうございます」

「面倒に付き合わせているんだ。このくらい当然だろう」

こんな立派な家だと、広すぎて部屋の隅から動けなくなってしまいそうだ。

「ちなみに」

志信さんは私を手招きすると、廊下へ導いた。

「寝室も一応ある」

そこは私の部屋のすぐ隣だった。

ここもまた十五畳はありそうな広さをしていて、巨大なベッドの脇にサイドテーブルがある。家具はそれだけだ。

「ここで一緒に寝るんですか……？」

夫婦にはなったけれど、私たちの関係は〝そういうもの〟ではない。

あくまで契約結婚だと思っていたから、目の前の光景に面食らってしまった。

「少なくとも俺にその予定はない。形として用意すべきだと思っただけだ」

それを聞いてほっとする。

いくらなんでも一緒に寝るのはやりすぎだと思ったからだ。

「ただ、部屋にあるベッドよりは大きいからな。こちらで寝たいなら好きにしてくれ。俺は使わない」

「その場合――し、志信さんの寝る場所は？」

「自室のベッドで寝る。仕事の状況によっては帰ってこないこともあるしな」

私が名前を呼んでも、彼はとくに気にしていないようだった。

きっと意識しているのは私だけで、志信さんは違うのだろう。

「次はリビングを案内しよう」

「はい、よろしくお願いします」

「固いな。ここはもう君の家だぞ」

こんなに立派な家を自分の家だと思うには、かなり長い年月が必要になる。

そう考えてから、契約期間の終わりを定めていなかったことに気がついた。

「ひとつ確認し忘れていました。いつまで夫婦生活をするんですか？」

「……少なくとも半年は必要だろう。あまり早く離婚すると、わけありな結婚だと気づかれる可能性がある。一年あればより確実だが、そこは君の都合を優先しよう」

「一年……」

ひと月でも長いくらいなのに、一年も彼と結婚生活をするなんて想像できない。

「半年にしておくか？」

表情に不安が滲んでいたのか、志信さんが気遣うように言ってくれる。

「一年で大丈夫です。変な噂を立てられないための結婚ですし、安全だと思えるまでは続けたほうがいいと思います」

結婚した意味がなくなるのは避けたくてそう言うと、志信さんが苦笑いした。

「巻き込まれた側だというのに協力的だな。助かる」

「……プレザントリゾートは素敵な場所でしたから」

まともに見たのはホテルエリアだけだったけれど、それでも彼を見ていればほかのエリアも十二分に素晴らしい場所だとわかる。

「いろんな人の思い出をつくる場所なんですよね。じゃあ、傷なんて絶対につけられません」

「ありがたい。……お互い、本物の夫婦に見えるようがんばろう」

「はい。よろしくお願いします」

「まずはこの生活に慣れるところからだな」

そう言った志信さんが、なにげないそぶりで私の顔に手を伸ばした。

長い指が頬に触れた瞬間、びくりと肩が跳ねる。

「時間がかかりそうだ」

志信さんがまた苦い顔をして手を引っ込めた。

「す、すみません。なんとかします」

「ああ、頼む」

協力関係にあるはずなのに、どこか線を引かれたように感じるそっけなさだった。

これは契約結婚なのだと態度で教えられているようで、ほんの少し寂しさを覚える。

ホテルで案内をしてもらっている時のほうが、まだ彼との距離が近い気がした。

努力したからといって、これまでとあまりにも違いすぎる生活にすぐ慣れるはずもなく。

週末を迎えたところで、やっと両親に電話をかける心の余裕ができた。

発信と書かれた画面をタップする前に、ゆっくり深呼吸をする。

「もしもし、お母さん。今、平気？」

『ん、大丈夫だよ。どうしたの？』

血のつながらない母はいつだって私に優しく接してくれる。

本当の両親を失った頃の私は、血のつながらない両親の包み込むような優しさが怖かった。彼らを受け入れたら、両親の死を認めなければいけない気がしたからだ。

だけどそれも過去の話である。

「実は、その……結婚したんだ。報告が遅くなっちゃってごめ――」

『結婚⁉ ちょっと待って。……お父さん！　優陽ちゃん、結婚したって！』

スマホの向こう側から驚きと戸惑いの声が聞こえる。

バタバタと騒がしい足音が聞こえたかと思うと、母の代わりに父が話しかけてきた。

『優陽ちゃん？　お母さんから聞いたけど、結婚ってどういうこと？』

「急な話でごめんなさい。説明すると長くなるんだけど……一時的なもの、の予定」

『ええ？』

ふたりに真実を告げるかどうか、最後まで悩んだ。

心配をかけてしまうくらいなら嘘の説明をしようかとも思ったけれど、これまで大切に育ててくれたふたりにそんな真似はしたくない。

だから素直に全部話すつもりだった。

「私のせいで困っている人がいて、助けたかったの」

どう説明するか、今日まで考えていたはずなのに頭から抜けてしまった。

「そのための方法が結婚しかなくて……。悪い人じゃないんだよ、むしろすごくいい人。だから……」

『……優陽ちゃんが決めたことならなにも言えないね』

「お父さん……」

『お母さんもそうだから、心配しなくていい。正直に教えてくれてありがとう』

父の声には隠しきれない戸惑いが残っている。

本当はもっと言いたいことがあるに違いない。

『ただし、困ったことがあったらすぐ言いなさい。お相手がどんな人かは知らないけど、すぐ助けに行ってあげるからね』

「……うん」

震える声をごまかそうとうなずくと、込み上げた涙が頬を流れていった。

『でも優陽ちゃんが結婚したって言ったら、宗吾《そうご》くんが驚くだろうね』

その名前を聞いた瞬間、すっと涙が引っ込む。

「……そう、だね」

張谷《はりや》宗吾は、一応私の従兄にあたる。

ただしそれは引き取ってくれた両親から見た関係性で、実際の関係は遠い。今の両親は血のつながった両親のはとこだからだ。

年は私より四つ上の三十歳。ぱっと見は好青年で、人あたりがいい。両親もよくしゃべる好青年だと思っているし、親戚たちからの評判も似たようなものだ。

コミュニケーション能力に長けていて、あっという間に人の懐に入ってかわいがられるタイプとでも言えばいいだろうか。

だけど、昔から私に対しての関わり方はうれしくないものばかりだった。

彼が一年前に海外へ行くまでは、親戚の集まりがあるたびに『まだ相手がいないなら、俺が引き取ってやろうか？』などと声をかけられたものだ。

まるで自分の持ち物かのように気安く触れ、『昔に比べていい体つきになったな』などと言うのも本当に嫌だった。

顔を合わせる機会が少ないのもあって両親には彼の所業を伝えていない。だから彼らにとっては、関係値が良好な親戚でしかなかった。

「また会う機会があったら、宗吾くんにも私から話しておくよ」

『そういえばまたこっちに戻ってくるんじゃなかったかな？　連絡がきたら優陽ちゃんにも教えるね』

「ん、ありがとう」

その時は申し訳ないけれど、予定があることにさせてもらおう。

「急に電話しちゃったうえに、こんな話でごめんね。またそのうち会いに行くから」

『うんうん。結婚生活で無理しないように気をつけなさいね』

「はーい。それじゃあ、またね」

電話を切ってから思いきり息を吐く。

思ったよりもすぐに受け入れてもらえてよかった。もっとあれこれ質問責めに遭うなり、反対されるなりを予想していたから意外だった。

振り返ってみると、昔からふたりはそうだったように思う。

高校の時に円香とふたりで一泊二日の旅行をしたいと言った時も、女の子がふたりで大丈夫なのかと心配はしたけれど、最終的には見守ることにしてくれた。

「ありがとう。お父さん、お母さん」

電話を切った後なのにそうつぶやいて、リビングへ向かおうと立ち上がる。

部屋のドアを開けると、向かいの部屋から志信さんが出てきたところだった。

「部屋にいたのか。てっきりリビングにいるのかと」

「両親に結婚の報告をしていたんです。リビングで電話をしたらうるさいかと思って」

「なにか言っていたか？」

「いえ、困ったことがあったら言いなさい、くらいでした」

「……いいご両親だな」

返答に一瞬疑問を覚えるも、彼がリビングへ向かったのを見てその後に続く。

彼は私の両親と顔合わせをしていない。

『うちの両親に挨拶をする必要はない。君のほうはどうする？』

『でしたら、私も大丈夫です。一年限りの結婚ですし、変に混乱させたくありません』

結局私は電話で伝えてしまったけれど、彼はどうしたのだろう。

「お茶でも淹れようか。それともコーヒー？」

リビングに着くと、志信さんはソファの前にあるテレビの電源をつけた。

キッチンへ向かおうとしたのを見て、慌てて追いかける。

「私がやります」

「気を使わなくていい。俺がやるから座っていてくれ」

やんわりとリビングへ戻るよう促される。

おとなしく引き下がるわけにもいかず、首を左右に振った。

「こういうのは妻の仕事でしょう？」

「少なくともこの家に『妻がやらなきゃならない仕事』はない。手が空いているほうがやればいいだけの話だからな。そして今、俺の手は空いている」

「そう言っていつも私に仕事を任せてくれませんよね。専業主婦として雇うという話だったのに、これでは……」

「いいか、優陽さん」

志信さんは私の前までやって来ると、目線を合わせるように軽く屈んだ。

「この結婚は、俺が君を付き合わせた結果だ。だから君がなにかしなければならないと思う必要はないし、ここでの生活や俺に対して気を使わなくてもいい」

「そう言われると、余計に落ち着かないんです」

「困ったな。じゃあこういうのは？　必要な時に妻らしく振る舞ってもらう」

「それではもともとのお話と変わらない気が……」

「そうだったか？　よく覚えていないな」

素知らぬふりをしているけれど、覚えていないわけがない。

「もっとなにか……ええと、食事の用意をするとかは？」

「外で済ませるか、買ってきたものを家で食べるだけで充分だよ」

たしかに彼は結婚してから今日まで、そう過ごしてきた。

忙しい仕事だというのはわかっていたし、私も『好きに食べていいよ』と言われていたから、とくに指摘はしなかったけれど。

「それに毎日料理をするのも大変だろう。余計な負担をかけたくない」

「大変じゃありません。むしろそれくらいしかできなくて申し訳ないです」

「……そこまで言うなら、これからはお願いしようか」

「はい！」

勢いよく返事をすると、志信さんが苦笑する。

「好きなように過ごしていいんだぞ」

「なにもしないほうが落ち着きません。それに、自炊したほうが節約になりますよ」

「……節約」

ぽつりと言った志信さんが目を丸くするのを見て、失言だったと気づいた。

「あっ。な、なんでもありません。そんなケチくさいことしません、よね」

以前、スーツのシミの話になった時と同じいたたまれなさを感じる。

彼と私では生きてきた世界が違うのに、つい自分と同じように考えてしまった。

「いや、考えたこともなかった。無駄を省けるならそれに越したことはない。言われなければ気づかないなんて恥ずかしいな」

「志信さんが恥ずかしく思う必要は……」

フォローしようとするも、志信さんは首を左右に振って答える。

「君といると新しい視点を知れるな。ホテルでもそうだった」

「私は別に、そんな」

「とりあえずお茶をもらおうか。用意してくれるんだろう？」

「あっ、はい」

任せてもらえたことに小さな喜びを感じながら、キッチンでお茶の用意をする。

その間、志信さんはソファに座ってテレビを見ていた。

お湯を沸かしている間に覗き見ると、画面にはバラエティ番組が映っている。

「意外でした」

香りのいい緑茶を淹れ終えて、テーブルまで運ぶ。

「意外？　なにが？」

「こういう番組はあんまり見ないかと思っていたんです。ニュースとか、そういうものを見るのかなって」

「ああ」

納得したように言った志信さんが、湯のみを手に取って口もとへ寄せた。

「いろいろ目を通しておいたほうが、話のネタに困らない。ドラマなんかも話題のものは見るようにしているな。商談の時の雑談にちょうどいいんだ」

「へえ……。社長の仕事も大変そうですね。雑談のためにそこまでするなんて」

彼にとっては私生活も仕事のうちなのかもしれない。

そこまで気を使うからこそ、プレザントリゾートをはじめとして多くの事業を手掛け、成功を収められたのだろう。

「もう慣れたよ。話題の作品はたしかにおもしろいしな。優陽さんはこういうものを見るほうか？　もしおすすめがあったら教えてくれ」

「テレビはあまり見ないんです。だから流行りの話題にも疎くて」

彼の役に立つチャンスだというのに、残念ながらおすすめできるような作品をなにも思いつかない。

「興味もないのか？」

「そういうわけではないんです。たぶん、ひとりで見てもあまりおもしろくないから、新しい作品に手を出そうと思わないんじゃないかと。友だちと一緒に映画を見たり、ドラマを見たりするのは好きですよ」

「なるほどな。あくまでコミュニケーションツールとして活用しているのか」

なかなか難しい理解の仕方をされてしまった。

でも、志信さんの認識は間違っていないと私も思う。

映画を楽しむより、それを見て親しい人と話すのが楽しいのだ。

「そういうことなら、これからは一緒に見ようか。夫婦としての時間を過ごすのも大切だろう？」

お茶を飲もうと、湯のみを引き寄せかけた手が止まった。

彼の形のいい唇から『夫婦』という言葉が出るだけで、いちいち反応してしまう。

「そう……ですね。魅上さんも言っていましたし」

私たちの結婚は世間の目を欺くためのもの。

先に結婚を発表したおかげで例の写真が持つ効力は薄れたけれど、まだまだ気を抜かないほうがいい。

家の中まで見に来るような記者がいないとしても、どこでどんなふうにこの関係が偽物だと気づかれるかわからないのだから。

「外でぎこちなくならないよう、夫婦らしくするための練習というわけだ。俺も至らないところがあったら、遠慮せず言ってくれ」

「はい、わかりました」

偽装結婚だと知られないよう、同居まで徹底するだけのことはある。

「そういうことなら、今日は志信さんのおすすめでどうですか?」

「なるほど。改めて考えるとなると悩むな。……ああ、前に魅上が勧めてきたものでいいなら、配信サイトに上がっていたはずだ」

リモコンを操作する志信さんの横に落ち着き、テレビを見る準備をする。

こんな練習ならいくらでもできそうだと思った。

ひと月が過ぎる頃には、だいぶ志信さんとの生活に慣れていた。

「君のおかげで、すっかり残業しない癖がついてしまった」

今日もまた、仕事を終えて帰宅した志信さんの前に夕飯を並べると、そんなことを言われた。

「いつもいつも、立派な夕飯を用意して。もっと簡単でいいんだよ」

「そういうわけにはいきません。これが私の、妻としての役目だと思っています」

「まあ、俺としては毎日うまいものを食べさせてもらえるからいいんだが。それじゃあ、いただきます」

「はい、召し上がれ」

志信さんの真正面に座って、私も手を合わせる。

いただきます、と小さく言ってから手もとの茶碗を手に持った。

つやつやの白米はふっくら炊き上がり、日本人ならば誰でも喉を鳴らすような、炊き立てのご飯特有の香りが漂っている。

今日のおかずはカレイの煮つけときんぴらごぼう。それから三つ葉のおひたしと、豚汁を用意した。さらに志信さんにはポテトサラダも作ってある。

「困ったな、今日もおいしい。また食べすぎることになりそうだ」

「そう言うと思っておかわりを用意してあります」

「なるほど。君が仕事をしていた頃は、きっと優秀だったんだろうな」

彼は細身に見えて、かなり食事量が多い。それだけ社長業でカロリーを使っているのかもしれないけれど、それにしても本当によく食べる。

最初は私が作ったものなんて口に合わないいんじゃないかと心配だった。でも彼はなんでもおいしいと褒めてくれて、『もっと食べたい』と言ってくれたのだ。

てっきりお世辞かと思ったのに、まさか本気で食べたがっていたなんて。

それを知ったのは、翌日のために漬けておいた煮卵を見つけた志信さんが、夜食にしてもいいかと控えめに言ってきた時だ。

食べ方はとても上品だし、早食いというわけでもない。

それなのに彼の前からあっという間におかずが消えていく。

その食べっぷりは私の専業主婦としてのやる気をおおいに刺激した。

今日も食べる姿をこっそり盗み見て、満足してもらえたようだとほくそ笑む。

「さっきからなんだか楽しそうだな。いいことでもあったのか？」

「おいしそうに食べてくれるなぁって思ったんです。うれしいです」

「実際、うまいからな。夕飯を食べている途中なのに、もう明日の朝食が楽しみだよ」

ふふふ、と声をあげて笑うと、志信さんも笑ってくれた。

契約結婚で妻として過ごさなければならないなんて大丈夫だろうか、と心配していたのに、完全に杞憂だった。

「食べたいものがあったら言ってくださいね。明日の夕飯もがんばります」

「……そのうち弁当まで要求してしまいそうだ」

「会食の予定がないなら作りますよ。魅上さんの分も作りますか?」

志信さんとは長い付き合いの秘書の名を出すと、なぜか嫌な顔をされる。

「君の料理をほかのやつと分け合うつもりはないよ。全部、俺のものにする」

「帰ってきたらいくらでも食べられるのに……」

「そういう問題じゃない。君は俺の妻だという自覚が足りていないな」

「だけど私、あくまで契約妻ですよ。本当の妻じゃありません」

「それでも、だ。妻の料理をほかの男に食べられて喜ぶ夫はいないだろう?」

ときどき、彼のこういう発言をずるいと思う。

これは本物の夫婦を演じるための練習でしかないのに、本当に愛されているんじゃないかといつも錯覚しそうになった。

そのたびに少し寂しさを覚える。

そして、その寂しさによってこの関係が偽りである事実を噛みしめた。

「そうだ、そろそろここでの生活には慣れたか?」

「はい。いつもよくしてくださってありがとうございます」

「生活には慣れたが、俺にはまだ慣れていないと」

「えっ」

「敬語はそういうことだろう？　俺ばかり馴れ馴れしくしているようじゃないか」

馴れ馴れしいのではなく、彼には余裕があるのだ。

名前を呼ばれるだけで落ち着かない気持ちになる私とは違う。

「ごめんなさい。まだ慣れなくて」

「もう少し待ってやりたいところだが、魅上が世間の評判を気にしていてな。ゴシップ記事に騒がれる前に、夫婦らしさをアピールしろとのことだ」

なんのやましくもないひと時を、あっという間にゴシップネタにするような記者たちだ。きっと『偽装結婚では？』と騒ぐための理由も簡単に見つけ出すのだろう。あるいは、自分たちで作るのか。

「気にしすぎだとは思うが、万が一ということもある。というわけで、デートでもしないか？」

「……デート？」

彼の言葉をそのまま反芻する。

「そう、デートだ。仲睦まじい新婚夫婦の姿も見せられるし、君はそこで敬語を使わないやり取りの練習ができる。どうだろう？」

「いい考えですね。それなら私も、間違って敬語を使わずに済みそうです」

外出先に記者が潜んでいる可能性なんて、どのくらいあるものなのだろう。

いくら有名人とはいえ、と思うけれど、志信さんと私の生きてきた世界が違うのは、もうよく知っている。

「よかった。俺もいい加減寂しかったし」

とても寂しがっているようには見えない口調だ。

悲しそうな顔をするどころか、どう見ても笑っている。

「名前も呼び捨てしてもらおうかな」

「どうしてやることが増えるんですか？」

「俺も君を呼び捨てで呼んでみたいから」

どう反応していいかわからず、ごまかすように白米を口に運ぶ。

いつの間に志信さんが食べ終えていたのか、まったく気づかなかった。

「呼びたいなら別に……私はかまいませんよ」

「じゃあ、優陽」

この展開は充分予想できたはずなのに、動揺して軽くむせてしまった。

「なんだ、俺に呼ばれるのは嫌だったか？」

「い、嫌じゃありません。でも、なんだか変な感じで……」

「次は君の番だ。そもそも俺の名前は覚えているのか？」

ときどき私が呼ぶのを知っていて、そんなことを言う。

「……志信さん、です」

「覚えているようでなにより。で、これからはどう呼ぶんだ？」

なにやら楽しげな表情を浮かべているのが悔しい。

彼は紳士的で優しい人だと思うけれど、たまに意地悪だ。

「週末のデートで呼びます」

「そうきたか。いいよ、楽しみにしているから」

そう言って、志信さんは小鉢を手に立ち上がった。

「ポテトサラダのおかわりをもらうよ」

「お好きなだけどうぞ。お口に合いましたか？」

「今後好きな食べ物を聞かれた時、妻が作ったポテトサラダだと答える程度にはな」

上機嫌でおかわりを取りに行く志信さんの背中を見つめた。

こうやって喜んでくれるから、また料理をがんばろうと思える。

しばらくポテトサラダはレギュラーメンバーとして作り置きしておこうと、ひそかに心に誓った。

約束していた土曜日がやってくると、志信さんはまず最初に、私が普段行く場所について聞いてくれた。

「休日はどうやって過ごしているんだ？」

「買い物をしたり、友だちと会ったりします。常備菜を作ることも多いですね」

「そういえば冷蔵庫にいろいろストックしてあったな。あれか」

志信さんが微妙に気まずい顔をしたのは、彼がよく『これは夜食にしてもいいのか？』と聞くおかずの数々がそれだと気づいたからだろう。

「……常備するためのものなら、言ってくれれば食べないようにするぞ」

「大丈夫です。これからは夜食も用意しようと思っているので」

気まずそうにしていた志信さんの顔がぱっと明るくなる。

案外、かわいいところがあるのかもしれない。

「志信さんはお酒が進みそうなものが好きですよね。今度、休日を使って時間のかかるものを作ろうと思うんです。おでんとか、餃子とか」

「いいな、うまそうだ」

好意的な反応が返ってきてうれしくなった。

餃子を包む作業は大変だけれど、たくさん食べる彼を想像したらいくらでも作れそうだ。

「ほかにはどういうものを作れるんだ？」

「ほか……パンを焼く時もあります。大抵作りすぎちゃうので、実家や友だちにおすそ分けすることになるんですが」

「どうりで料理上手なわけだ。誰かに食べてもらう機会が多いんだな」

ほかにこれといった特別な趣味がないからだ、と思ったけれど、志信さんは私の答えを聞いてなにやら満足げだった。

「あとはなんだろうな。いい質問が思いつかない」

そう言って志信さんが考え込んだ様子を見せる。

無理に質問する必要はないのに、と思った私の視線に気づいたのか、彼は補足するように説明してくれた。

「結婚してしばらく一緒にいるのに、あまり君について知らないと思ってな。うまい食事の理由がわかってよかったよ。俺も今度、餃子作りを手伝っていいか？」

「えっ、それはちょっと……いいんでしょうか」

「だめな理由が？」

「仮にも大企業の社長さんに餃子を包ませるのは気が引けるというか……」

もごもごと思ったことを伝えると、志信さんがふっと笑った。

「じゃあ、俺が何者だったら手伝わせてくれるんだ？」

変なことを聞く人だと素直に思った。

気分を害したようにも見えないし、喜んでいるようにも見えない。純粋に私の反応を探ろうとしている姿がよくわからなくて、回答に詰まった。

「うーん……私の気持ちの問題なので、なんとも言いづらいです」

「それを言いだすと、俺も君に料理をさせるのは気が引ける。面倒事に巻き込んでおきながら、家事まで押しつけるなんて最低だ」

「そんなふうに思ってません」

「俺も同じだ。君が気にしているようなことについて、なんとも思っていない」

同じと言われるとそうかもしれない気になるし、違うと言われたらたしかにと思う気持ちもある。

志信さんと話していると混乱しそうで、最終的にはあきらめた。

「わかりました。そういうことなら、今度一緒に作りましょう」

「楽しみだな。そのための機械や道具は必要か？　それなら今日、買いに行こう」

私たちのデート先が決まった瞬間だった。

大型のショッピングモールに来ると、私はさっそく雑貨屋に向かった。

棚に並んだかわいらしい小物を見ていたら、志信さんが覗き込んできて言う。

「調理器具の専門店には行かないんだな」

「本格的すぎますし、なによりお値段が張るので」

「俺がいるんだから遠慮しなくていい」

ぎょっとして志信さんを振り返ると、心底不思議そうな顔をしている。

今日の買い物の支払いは全部自分の財布から出すつもりだ、と思っているのがすぐにわかった。

「私の趣味の道具を買うようなものですよ。自分で買わせてください」

ああ、と私の戸惑いを理解したように彼が小さくうなずく。

「だったらこういうのは？　もともと調理器具が必要だったが、今まで買い揃えていなかったから、妻にお願いして今日買いに来た。どうだ？」

「どうって……」

「初めてのデートにしては家庭的すぎたか？　でも、いつまでも緊張してほしくはないし——ああそうだ、敬語をやめてもらうのを忘れていた」

あ、と思わず声が出た。

すっかりいつもの癖で話していたけれど、今日は敬語を使わない日なのだった。

志信さんはにこやかに私を見つめると、自分自身を指さした。

「俺のことはなんて呼ぶんだっけ？」

「志信……さん」

「ん？」

絶対に聞こえているくせに、聞こえていないふりをしている。

呼び捨てにしろという圧は決して強くないけれど、真綿でぎゅっと逃げ道を塞がれるような感覚があった。

「……志信」

「いいじゃないか、夫婦らしくなってきた」

その直後、「これは必要か？」と大きなざるを差し出される。

「ここまで大きなものは必要……ないよ。もっと普通のセットで大丈夫、です」

どうにも心地が悪くて、結局敬語になってしまった。

彼は怒ることなく、私を見て楽しげに目を細めた。

「俺も敬語を使おうか？」

「……あなたのほうが年上だから、つい」

やんわりと私の逃げ道を奪っていく彼と、どう向き合えばいいかわからない。

「だが、夫婦だ」

契約の、と彼は言わなかった。ここは外で、誰かが聞いているかもしれないからだ。私たちの関係は、明かさなかっただけで長年付き合ってきた恋人同士ということになっている。大規模な事業が一段落したから、ようやく結婚できたのだと。

「志信……さんは、どうしてそんなにすぐ対応できる、の？」

なんだか変な聞き方になった私がおかしかったのか、ふっと笑われる。

「わかった。そこまで言うなら呼び捨てはしなくていい。でも敬語はがんばってくれ」

「……うん」

「さっきの質問だが、性格的な問題じゃないか。もしくは職業病」

「職業病？　社長のお仕事と関係が？」

「臨機応変な対応を求められることはままあるし、コミュニケーション能力も必要だからな。いかにして相手の懐に入るかというのは、営業するにあたって最も重要なことだと思っているよ」

なるほどと納得する。

志信さんが初対面の人間を相手にうろたえているところは想像できなかった。上手にその場の空気を支配し、いつの間にか主導権を握る——というならわかる。これまで見てきた姿から考えると、そのイメージは大きくはずれていないのだろう。

「さて、次はなにが必要だ？」

「ピーラー……だよ」

またぎこちなくなった私の耳に、楽しげな笑い声が届く。

「料理上手な人は、皮むきにピーラーを使わないいんだと思っていた。違うんだな」

「便利グッズに頼るほうが……楽なの」

この気まずいしゃべり方は今日一日だけで許されるのだろうか。

それとも明日からもこんなふうに話さなければならないのだろうか。

どちらにせよ、今日はおさまりの悪い気分を味わう一日になりそうだ。

ひと通りの買い物を終えて外に出ると、気持ちのいい空気が通り抜けた。

モールの敷地内には広場があって、ショッピングに飽きた子どもたちが駆け回っている。

配送手配をしたおかげで、手荷物もなくのんびり過ごせそうだ。

時計を見ると昼には少し早い。とはいえ、空腹の虫は徐々に迫りつつある。

「あんなにいろいろ必要だと思わなかったな」

「あれだけ揃えれば、もうなにも困らないと思うよ」

普段、料理をしないだけあって、あの家のキッチンには最低限のものしかない。

包丁が二本とまな板。あとはフライパンや鍋のセットが一式だ。

今回、遠慮しなくていいと再三言われてしまったから、スライサーや調理用スチーマー、ハンドブレンダーなどをお願いしてしまった。

調理にかかるコストが下がるのと、料理の幅が広がるのはありがたいものの、やっぱり少し申し訳ない。

「本当によかったの……？」

「これでまたおいしい料理を作ってくれるんだろう？　ありがたい話だ」

胃袋を掴むというのはこういうことなのかもしれない。

契約妻でも気に入ってもらえるものがあるならよかったと、前向きに考えておく。

「この後の予定はどうしようか。普段、友だちと買い物をした後はなにを？」

「ご飯を食べたり、ああいうスタンドでジュースを飲んだり……？」

広場の奥まった場所にはジューススタンドがあった。

休日なのもあって人が集まっており、思い思いに好きなジュースを飲む姿が見える。

「へえ。飲むか？」

「志信さんは？」

「君がどうしたいか聞いているんだ。俺のことは気にするな」

「私ばかりだと申し訳ないなと思って」

なぜか志信さんは驚いたように目を見張った。

でもすぐに考え直した様子でうなずく。

「だったら俺は、君とジュースを飲んでみたい。そういう経験がないからな」

「そうなの？　小さい時に買ってもらったりとかは？」

「ない。そもそもこういう場所に来ることもなかった。うちの両親は君が想像しているような人たちじゃない」

妙に距離を感じる言い方が引っかかるも、踏み込んではいけない気がして質問をのみ込む。

「それならたくさん歩いたし、ジュースを飲んで休憩しよう。志信さんは座って待ってて。どういうジュースがいい？　買って——」

「待ってくれ」

広場の道に沿って置かれたベンチを示し、ジューススタンドへ向かおうとした瞬間、腕を掴まれる。

「逆だ。俺が買ってくる」

「さっきも買ってもらったから、今度は私の番」

「デートというのはそういうものだろう？」

当然のように言われて頭を抱えたくなった。

それを平然と言えるあたり、住む世界が違う。

「志信さんが今までにお付き合いした方はそうだったのかもしれないけど、私は違うよ。だからここは……出させてほしいです」

ジュースくらいなら引いてくれるんじゃないかと思ったから、望みをかけて志信さんにお願いする。

「そこまで言うなら……。甘すぎないものを頼めるか？」

「うん。わかった」

思った通りすぐ引いてくれたことに安堵し、ジューススタンドに向かって歩き出す。

なにかと私を気遣ってくれる志信さんに対して、ようやく私からもなにかを返せそうだ。されてばかりでは申し訳ないし、落ち着かない。

親子連れで賑わうスタンドに到着し、メニュー表を確認する。

オーソドックスなイチゴやバナナ、キウイやパイナップルといったものが目についた。フレッシュなフルーツジュースだけでなく、スムージーやシェイクもあるようだ。

その中から、グレープフルーツを見つける。

ほかのものに比べたら甘さ控えめだろう。

「すみません。グレープフルーツと白桃で。サイズは一番小さいやつをお願いします」

「はーい、六百七十円になりまーす」

大学生くらいに見える女性店員に笑いかけられ、反射的に笑みを返した。

すぐに用意されたジュースを手に、ベンチで待つ志信さんのもとへ帰ろうとする。

でもその前に、すっと通り道を塞がれた。

「ちょっとお話しをしてもいいですか？」

私より少し年上に見える男性だ。志信さんと同じか、ひとつふたつ年下くらいか。

パンフレットのようなものを持っていて、手首には数珠のようなブレスレットを巻いている。

「え、あの」

「最近、つらいと思ったことはありませんか？　妙に不幸が続くと思ったことは？」

「……とくにありません。大丈夫です」

私をカモだと認識しているのか、適当に返事をして横を通り抜けようとしても、巧妙に邪魔をしてくる。

走って逃げたくても、両手にあるジュースのカップがそれを許してくれない。

もどかしくなっていると、男性はますます距離を縮めて鼻息荒く語った。

「現代人はいろいろな問題にさらされて、自分でも気づかないうちに疲れがたまっているんです。そこで――」

「優陽、おいで」

聞き慣れた声が私を呼ぶ。

いつの間にか近くまで来ていた志信さんが、男性の背後に立っていた。

こうして人と並ぶと、すらりとした背の高さがよく目立つ。

「失礼。デート中なので」

志信さんは声を荒らげるでもなく、スマートに言って男性を遠ざけた。

さりげなく私の右手からカップを取ったかと思うと、空いた片手を腰に添えてくる。

こんなふうに触れられるのは初めてで、どきりとしてしまった。

「行こう」

「は、はい」

思わず敬語になったものの、志信さんは指摘しなかった。

腰に添えた手に力を込められ、その場から離れようと促される。

「志信さん」

「知り合いじゃないんだろう？」

一応、といったように確認されてうなずく。

「それならいい。向こうに行こうか」

背後に男性を残し、志信さんは最初に待っていたベンチとは違う場所まで私を連れていった。

木々で陰になっているため人の数は多くないけれど、先ほどより落ち着いて話ができそうな場所だった。

「平気か？」

「うん。よくあることだから大丈夫です」

持っていた白桃ジュースに口をつけ、甘さを飲み込んでから息を吐く。

「よくあることなのか」

「友だちといる時もこうなんです。ひとりになった瞬間、お得な商品だからって変な物を売りつけられそうになったり。だから円香——友だちも心配して、私をひとりにしないようにしてくれるんです」

志信さんが苦い顔をしていることに気づき、口をつぐむ。

なぜそんな表情なのか理由を考えてはっとした。

「ごめんなさい、また敬語……」

「いや、そうじゃなくて。……困ったな」

「あの、私なにか……？」

「君からは目を離さないほうがよさそうだ。そんな話を聞いたら、ますます放っておけない」

そう言って志信さんもやっとジュースに口をつける。

合わない味ではなかったようで、とくに不満そうな反応はなかった。

「ただでさえ放っておけない人だと思っていたのに。まあ、だから勧誘されるのか」

「どういう意味……？」

「隙がある、ということだな」

「……友だちにも言われる。ぼんやりしないのって」

しばらく連絡を取れていない円香を思い出す。

「私ってそんなにぼうっとして見える……？」

「ぼんやり、とはまた違う気もする。君の周りの空気は優しいんだ。だから安心して声をかけられる」

私がそんな空気を本当に漂わせているかはともかく、彼の言うそれがどんなものかはわかるような気がした。

「それなら、志信さんのほうがよっぽど隙があるよ。初めて会った時からずっとそう思ってたの。オーラがあるのに、一緒にいて安心するというか」

「……それは知らなかった」

ふい、と志信さんが視線を逸らして、手に持ったカップを見る。

「とにかく、そういう雰囲気が放っておけないんだ。俺の親友に見本として教えてやりたいよ」

親友、と聞いてひとり思いあたる。

「それは筑波社長のこと？」

「ああ。君と違って人に怖がられるのが得意なんだ」

そう語る志信さんの口もとには、楽しそうな笑みが浮かんでいた。

ときどき見せるこの素の笑顔に、いつも胸が騒ぐ。

私たちの間に男女の愛はないけれど、この顔は素直に好きだと思った。

「そうだ。これ、ありがとう」

志信さんが手に持っていたカップを軽く上げる。

「グレープフルーツジュースなんていつぶりだろうな。すごくおいしい」

「よかった。甘くないのがいいって言ってたから、これが一番それらしいかなと」

「今思うと、無理難題だったな。ジュースを買いに行くのに、甘くないものがいいなんて」

「私も酸っぱいのは苦手だから、似たようなものじゃない？」

「へえ、じゃあ純粋に甘いものが好きなんだな。覚えておこう」

すでに半分ほど減ったカップを手に、なんだか機嫌のいい志信さんを見つめる。

「そんなことを覚えてどうするの？」

「妻の好みを把握しておくのは夫の役目じゃないのか？」

思わずこくりと喉を鳴らしていた。

甘い白桃の香りが、ゆっくりとおなかの奥に落ちていく。

うれしいようなそうでないような感情が胸の内に広がった。

彼は私の好きなものを覚えてくれる。でもそれは、好意からではなく契約夫婦を演じるうえで必要だからだ。

そうでなければ、夫の役目なんて言い方はしないだろう。

「今日はいい日になった。君が普段、どんな過ごし方をしているかもわかったし、好きな味も知れた。なにより今、とても夫婦らしい時間を過ごせている」

「……たしかにそうかもしれないね」

世の中の夫婦がどんなふうに過ごしているのかは知らない。でも今の私たちを見て、契約夫婦だと思う人はそう多くないだろう。

他人行儀な響きの関係にしては、私も志信さんも自然と肩の力を抜いている。少なくとも私はそうだ。彼もそうであってほしいと思う。

「こういう時間の過ごし方は初めてだ。俺に新しいことを教えてくれてありがとう」

「初めて？」

「意外だったか？」

「だって、いろんな女性と付き合ってきたでしょう？　私よりもデートしてきた回数が多いんじゃ……？」

その瞬間、志信さんが勢いよくむせた。

「だ、大丈夫？」

慌てて背中をさすり、バッグの中から取り出したハンカチを差し出す。

「悪い、大丈夫だ。まさかそんなことを言われるとは」

むせながらやんわりとハンカチを押しのけられ、ハラハラしながら彼を見守った。

しばらくして落ち着くと、志信さんが苦い眼差しを向けてくる。

「そういえばさっきも言っていたな。今まで付き合った人がどうのこうの」

ジュースを買う話になった時のことだ。

デートで自分が支払いを担当するのは当然だ、という反応をした彼に、私が言った。

「少なくとも妻が口にする話題だとは思えないんだが」

「……あ」

とんでもない失言だったと気づいてハッとする。

夫婦だと理解しているのに、本当の夫婦ではないという意識もあるから、こんな発言をしてしまったのだろう。

「ご、ごめん……」

「いや……なんというか、なにも気にしないんだなと」

「気にしたほうが……よかったんだよね？」

これが第三者のいる場所でなくてよかったと心から安堵する。

夫の過去の女性について言及する妻なんて、そう多くないはずだ。

「付き合った数が少ないとは言わない。でも、君が思うほど深い仲になった人はいない。まともな恋愛経験はほとんどないと言ってもいいな」

たった今した質問の答えではない。

今日のようなひと時を過ごすのが初めてだと言われるより、今の言葉のほうがよほど意外だ。

「てっきり、私……」

「俺はドライなんだそうだ。『一カ月でいいから付き合って』と言われて、わかったと答えたら、十日も経たないうちに『冷めている』『ドライすぎる』と振られる。どうも普段の俺と、求められている俺は違うらしい。これでも、最低限求められた役割に応じようとはしたんだが」

そういえば以前、彼は女性とうまくやれるタイプじゃないと言っていた。

もしかしたら役割をこなそうとする真面目さがあだとなったんじゃないだろうか。

志信さんは模範的で完璧なデートはしてくれても、意味のない連絡のやり取りをしたり、〝おはよう〟を言うだけの電話をしたりはしないタイプに見える。

「それなのに、振られるの？」

「ああ」

彼の完璧さが合わない人もいる、というのは理解できる。

だけど話の通りなら、付き合いたいと言いだしたのは相手のほうだ。

それなのに『冷めている』なんて志信さんを傷つけかねない言葉を投げつけて去るのは、ひどいと思う。

もやもやというよりも、小さな苛立ちを覚えた。

「交際中は、今みたいな時間の過ごし方をしていたんじゃない？」

「そう大きくは違わないな」

やっぱり、と納得する。

基本的に志信さんは受け身の人なのだ。求められれば応じるし、そうでないなら必要がない限り積極的な行動をしない。

志信さんがどんな人なのか、急に輪郭がはっきりしてきた。

「ただ――」

彼がさらに言葉を続けようとした時、ふと見覚えのある姿が視界に入った。

まさかと思う前に勝手に体が緊張でこわばる。

「優陽？」

すぐに気づいたのか、顔を覗き込まれた。

だけど答える前に、向こうから〝彼〟が近づいてくる。

「もしかして優陽か？」

最後に会った時よりも髪色が明るくなった宗吾くんだった。

そうでなければいいと思っていただけに、動揺で呼吸が浅くなる。

「……久しぶり、宗吾くん」

志信さんが目で私に疑問を伝えてくる。

「親戚。しばらく海外に行ってたの」

「……親戚？」

どうして志信さんがそこに引っかかりを覚えたのか、聞く心の余裕はない。

「こんなところで会うなんてすごい偶然だね。この間、お母さんたちと宗吾くんの話をしたんだよ」

「なんだよ、知らないところで噂して。まあ、婚約者みたいなものだしな」

ぎゅっと無意識にこぶしを握りしめていた。

宗吾くんは志信さんをちらりと見てから、ふっと鼻で笑う。

「だめだろ、優陽。買い物くらいひとりで来なきゃ。休日にまで付き合わされる相手の身にもなれよ」

「う、うん、そうだね。でも、この人は――」

「お前は昔からそういうところがだめだよな。だから俺以外、相手してもらえないんだぞ」

お願いだから志信さんの前で変なことを言わないでほしい。いや、もう言っているようなものだ。

どうやったらこの場を切り抜けられるか必死に考えようとするも、その前に志信さんが口を開く。

「夫婦で買い物に来るのがそんなに不思議か？」

「え？　夫婦？」

宗吾くんの目が大きく見開かれる。

思わず顔を上げて志信さんを見てしまった。

いつもの彼らしくない、微かなとげを感じる声。

私の味方をしてくれているのだと気づいて、うれしさと惨めさで泣きたくなる。

「普段、なかなか一緒に出かける機会がないからな。俺のわがままに付き合わせてしまって、むしろすまなかったよ」

付き合わせた、と強調したのは、先ほどの宗吾くんへのあてつけだろうか。

「……ふうん？」

宗吾くんが、小ばかにしたように目を細める。

「だめだろ、優陽。こんなフォローなんかさせて。やっぱりお前は俺がいないとどうしようもないな」

どうやら彼は、自分の都合のいい言葉しか聞こえないようだ。

どこまでも私を貶《おとし》める言葉とともに、宗吾くんの手が近づいてくる。

触られたくない。髪だろうと顔だろうと肩だろうと、彼に好き勝手されているところを志信さんには見られたくない――。

「そういえば、この後用事があるんじゃなかったか？」

さりげなく私と宗吾さんの間に割って入った志信さんが言う。

「用事……」

「ああ、親友と出かけると言っていただろう？　そろそろ時間じゃないか？」

この場から私を助け出そうとしてくれているのを察し、こくこくとうなずいた。

「す、すっかり忘れてた。ありがとう。……そういうことだから、また今度ね」

「あ、おい」

「行こう、優陽」

志信さんに手を取られて、慌ててその後を追いかける。

宗吾くんから充分に離れたところまで逃げると、志信さんの足が止まった。

「親戚というのは本当か？」

「え？　う、うん、本当だよ」

「……どうして親戚相手に怯えている？」

険しい顔で詰められて息をのむ。

「別に、怯えているわけじゃ……」

「手だって冷えきっている。少なくとも会えてうれしい相手じゃないだろう。……たしかにあんな男に会えてうれしいわけもないが」

まだ握ったままの手を、ぬくもりを分け与えるように両手で包み込まれた。

宗吾くんに触れられるかもしれないと思った時はあんなに嫌だったのに、不思議と志信さんのぬくもりは嫌じゃない。

「わけありなのはわかった。もう大丈夫だ」

そのひと言が優しすぎて、さっきこらえた涙がこぼれそうになった。

「ありがとう。あの人は……昔からああなの」

彼の話を志信さんにする日がくるとは思っていなかった。

こうなった以上は説明したほうがいいだろうと、さらに言葉を重ねる。

「私を嫁にもらってやるって言って、自分のものみたいに扱うの。体に触ってきたり。うちの両親の前ではやらないんだよ。そんなふうに私を扱ってることを知られたら問題になるって、自分でもわかってるから」

志信さんが眉間にしわを寄せて、不快感をいっぱいに表している。

「俺がいる前では二度とそんな真似をさせない。だから安心してくれ」

すぐにそう言ってくれたのがうれしくて、誰にも言えなかった言葉が勝手に唇からこぼれ出た。

「触られそうになって怖かった。馴れ馴れしくされるの、本当に嫌で……」

「すまない」

はっとした様子で志信さんが私の手を離した。

急に彼のぬくもりがなくなって寒々しくなる。それを少し寂しいと思った。

「あの場から連れ出さなければととっさに握っていた。嫌だっただろう」

「……嫌じゃ、なかった」

志信さんの言葉を否定して、握られていた自分の手を見つめる。

「初めて会った時も、今も、志信さんに触られるのは怖くない。ううん、むしろ今はほっとしてる。志信さんがいてくれて本当によかった。ありがとう」

「ほっとするなら、つないでおこうか？」

おずおずと志信さんの手が伸びてきて、私の前で止まる。

ホテルを見て回っている時、階段を下りようとする私に手を差し伸べてくれたのを思い出した。

「志信さんは、私に触られて嫌じゃない……？」

私は安心するけれど、彼はどうだろう。

人に触れられる不快感を知っているからこそ尋ねたのに、答えよりも早く手を握られた。

「そんな不安そうな顔で聞かないでくれ。もっと甘えていいんだ。君は俺の妻なんだから」

怒った言い方をしていても、彼の優しさを強く感じた。

胸がいっぱいになって、温かな手を握り返す。

「……うん」

契約夫婦であっても、彼は私に手を差し伸べてくれる。

「ありがとう」

「手をつないだくらいでお礼なんか言わなくていい」

そっけなく言うと、また志信さんが歩き出した。

手をつないだままの帰り道は私に安心感を与えてくれると思っていたのに、なぜか胸がどきどきして落ち着かない。

「俺も人に触られるのは苦手なんだ」

沈黙が続くのを嫌ったのか、志信さんが話しかけてくる。

「恋人がいる間もそうだった。自分から触れたいと思ったことなんて、一度もない」

それなのに今、彼は私と手をつないでくれている。

やっぱり無理をさせているんだと思って指をほどこうとすると、逆にきつく握り返された。

「君はいいんだ。君なら、いい」

「どうして……？」

「わからない。こういう時に答えられないから、恋愛向きじゃないんだろう。ドライだなんだと言われて振られるのもあたり前だ」

「……そんなふうに思ったこと、一度もないけどな」

しっかり握られた手を意識しながらつぶやく。

「今まで一緒にいて、ドライな人だとも恋愛向きじゃないとも思わなかった。優しくて親切な人だと思ってるし、気遣わせてばかりで申し訳ないとも思ってる。今日だって、私以上に〝夫婦らしく〟あろうとしてくれたよね」

「それは必要だからだ。コミュニケーションを取っておかないと、ここぞという時にうまく夫婦を演じられないから」

「私の料理をおいしいって言ってくれたのも、一緒に餃子を作りたいって言ったのも、そういう理由だったの？　私は違うと思ってる。思いたいだけかもしれないけど」

志信さんの手がぴくりと動いた。

「あれは……違う。関係をうまく継続させるためのご機嫌取りじゃなかった。本心からそう思って……」

「じゃあ、全然ドライじゃない。私が思った通り」

なんでこんなにムキになっているのか自分でもわからなかった。

ただ、彼には相性の悪かった女性たちの評価を、自分のすべてだと思い込んでほしくない。

「すごくうれしかった。人にご飯を食べてもらうって、こんなにうれしいんだって思えたの」

「今まで、友人やご両親にも作っていたのに？」

「志信さんだからだよ」

結婚当初に比べて、だいぶ見慣れた顔を見つめて言う。

「君は俺が嫌じゃないのか？　面倒事に巻き込んで結婚なんて要求したのに」

「ほかの人だったら、さすがに結婚を承諾しようとは思わなかったよ」

出会った当初から、志信さんは私にとっていい人だった。ほどよい距離感と優しさが心地よくて、もっと話したいと思うような人だったのだ。

「きっとみんな、私と同じように思うんじゃないかな。だから志信さんはドライじゃなくて素敵な人なの」

「……そう、か」

「私が保証するから。一応、妻だし……」

あなたは魅力的な人だと伝えたくて、つい熱くなってしまった。

「ええと、なんの話をしていたんだっけ。宗吾くんのことは説明したし……ああ、人に触られるのが苦手って話だっけ」

冷静になるとますます恥ずかしさが込み上げる。

さっきまでよりも触れ合う手を意識してしまい、さすがにほどこうとした。

「優陽」

だけどまた、志信さんに握りしめられて失敗する。

「離さないでくれ。もう少しだけこのままで」

「あ……う、うん」

改まって言われるとは思わず、じわりと頬が熱くなった。

冷えていると言われた指先には、とっくに彼の手の温かさが移っている。この手が大きくて指が長いことなんて、知らないほうが幸せだったに違いない。

だって、さっきからずっと心臓がうるさくて胸が苦しい。

どんなに優しくされて甘やかされても、彼を好きになってはいけないのに——。

契約夫婦

「いい加減、その顔をやめろ」

株式会社ウェヌスクラースのオフィス、主に重役が使う会議室にて不快感を隠そうともしない声が響く。

「ん？」

「ん、じゃない」

声をかけられてそちらを向くと、長年の親友であり、ビジネスパートナーでもある筑波藍斗が眉間にしわを寄せていた。

「最近おかしいぞ。プレザントリゾートがオープンして気が抜けたのか？」

「俺がそういう人間だと思うか？」

「思わない。だから指摘しているんだ」

ここには俺と藍斗だけ。だから社長同士のやり取りではなく、友人としての反応になる。

「結婚のせいでそうなったんじゃないだろうな」

「違うとは言えないな」

藍斗には優陽との契約結婚についてすでに説明していた。

俺の軽率な行動のせいで君の夢に傷をつけるわけにはいかなかった、とまでは言わなかったが。

「ばかばかしい」

そう言って藍斗は行儀悪く足を組んだ。

「ひどいな。お前だって結婚して変わったと思っているのに」

「俺は——。……俺の話はどうでもいい」

「そうか？　じゃあ相談に乗ってやるのはやめておく」

「いつ俺が相談したいと言った？」

とげとげしい態度で噛みついてくる藍斗に、肩をすくめて応える。

「恋愛は難しい。認めよう。俺にもようやくわかった」

「なにを言いだすかと思えば……」

「優陽は今まで出会ったことがない女性だ。彼女と出会えたのもお前のおかげだな」

「勝手に俺のおかげにするな」

不機嫌そうに言っていても、藍斗は部屋を出ていこうとしない。

「初めて出会った時から、なにか違うと思っていたんだろう？　嫌になるくらい聞いた。もう聞きたくない」

「お前以外に話せる相手がいないんだ。少しくらい付き合ってくれ」

「うるさい。毎日のように聞かされる身にもなれ」

「毎日なんて大げさだな。そんなに頻繁に会えるほど暇じゃないくせに」

プレザントリゾートの開発には俺も関わっているが、主だった運営は藍斗の仕事だ。オープンした今、俺は藍斗のサポートに徹している。

「どうでもいい。俺の前でのろけるな」

「のろけ？　そういうつもりはなかったな。ただ、優陽を見ているとこの辺りが温かくなるという話をしているだけだから」

そう言って自分の胸に手をあてる。

「のろけているつもりがない？　これだから恋愛経験のないやつは」

「ふうん。まるで自分は恋愛上級者みたいに言うじゃないか」

あまり品がいいとは言えない舌打ちが聞こえて、少し笑ってしまう。

人前では上流階級の人間らしく振る舞うくせに、俺の前ではいつもこうだ。

だけどたぶん、藍斗の素を見られるのは彼が妻と呼んでいる人だけだと思っている。

「まともな恋愛をしてくればよかったな。そうすれば今、俺の想っているこれが本当に愛なのかどうかわかっただろうから」

藍斗の探るような視線を感じて苦笑する。

「恋愛というのは、お前がしているようなものを言うんだろう?」

身近なサンプルは藍斗以外にいないから、そう尋ねる。

重くて苦しいもの。それなのにどんなに傷ついても焦がれ、渇望してしまうもの。

少なくとも俺の中で、愛とはそういう感情だ。

「……勝手に人を理解した気になるな。俺は……違う」

親友がなにを抱えているか、すべてを知っているわけではないが、寂しげな表情から察するものはある。

もっとも、本人は自分がそんな顔をしていることに気づいていないだろう。

「だいたい、なんだ。さんざんのろけておきながら、よくもそんなことが言えるな。俺はともかく、お前の場合は能天気なそれが〝愛〟だというだけじゃないのか」

「はは、まあそれもそうだな」

俺が優陽に抱く感情は淡く、温かく、幸せでくすぐったいものだ。

藍斗を見て学んだものとはまったく違う。

だから、この温かな想いを愛と呼んで優陽に伝えていいかがわからない。

「志信、いつかお前も思い知るんだ。好きになればなるほど、つらくなる」

「それは自分の話か？」

実感がこもった助言を受けて言うと、また舌打ちが返ってきた。

「お前のそういうところが嫌いだ」

「それはありがとう。今後ともよろしくな」

俺にとって優陽は、なくてはならない特別な存在だ。

夕食の席で俺の反応をそわそわしながら待つ姿が好きだ。

一緒にドラマや映画を見たり、感想を言ったりするひと時も愛おしい。

最低な親戚から守ってやりたいし、幸せにしたい。いつも笑顔でいてほしい。

俺が彼女に抱く想いはどれも甘くてもどかしいから、知っているものとの違いに困惑する。

『ほかの人だったら、さすがに結婚を承諾しようとは思わなかったよ』

そう言った優陽を思い出して、また胸の内が温かくなる。

――彼女を想って苦しくなるのが愛だとしたら、今抱いているこの感情をなんと呼べばいいのだろう？

今日も仕事は定時で終わらせた。

秘書の魅上は最初こそ驚いていたものの、これまで俺が働きづめだったのをひそかに気にしていたようで、よかったと言ってくれている。

「まっすぐお帰りでいいですか？」

運転席の魅上に質問されてうなずく。

「頼むよ。いつも助かる」

「専属秘書ですから」

藍斗以外に気心知れた相手をあげろと言われたら、この魅上の名前を出すだろう。

「あれから奥様とはいかがですか？」

車を発進させた魅上が、俺のほうを見ないまま尋ねた。

「とくにこれといった問題はないな。順調だよ。もし夫婦でどこかに招待されても、うまくやれるだろう」

「……提案した身で言うのも恐縮ですが、順調すぎるのも問題ですよ。下手に入れ込むと、今度は契約を終えた時が面倒になるでしょう？　あんなに仲睦まじかったのになぜ——なんて週刊誌に取り上げられるのはごめんですしね」

「それは考えたこともなかったな」

たしかに、長年匂わせもしなかった相手と突然結婚し、幸せそうな姿を見せていたのに、たった一年で離婚となれば世間が騒ぐかもしれない。

離婚に説得力が出るよう、もう少し優陽と距離を置くべきかと思ったが、その考えを否定する。

「その時はその時だ。一年後までいちいち俺について騒ぐ人もいないだろう」

「社長は楽観的すぎます。ご自分が有名人だと自覚なさったほうがいいですよ」

「芸能人でもないのに、大げさだな」

今回はプレザントリゾートのオープンと重なり、週刊誌にとって格好のタイミングだったから先手を打って契約結婚を申し出たのだ。

これが違うタイミングだったら、きっと話は変わっていた。

「芸能人のようなものでは？　社長があの水無月家のひとり息子だということも有名ですし」

「少なくとも優陽は知らないんじゃないか。それらしい反応を見たことがない」

「……テレビなどご覧にならないんですかね」

「そういえばあまり見ないと言っていたな」

「なるほど。それなら、まあ」

魅上と話しながら、窓の外を流し見る。

車が赤信号で止まった時、視界に入ってきたものを見て顔ごとそちらに向けた。

「魅上」

「はい」

「そこのビルの前に止めてくれ」

「え？　承知しました。なにかあったんですか？」

「ああ」

忠実な秘書はきちんと駐車場に車を止めてくれた。

ドアを開けた俺についてこようとしたのを見て、やんわりと制する。

「すぐ戻ってくる。適当に時間をつぶしていてくれ」

「適当にと言われましても。どのくらいでしょう？」

「三十分はかからない……と思う」

「かしこまりました。珍しいですね、寄り道なさるなんて」

「独り身だったらしなかっただろうな」

そう言って、先ほど車で通った通りに向けて足を速める。

高いビルが立ち並んだその通りは、ハイブランドがいくつも出店していることもあり、年中きらびやかだ。

人や車の出入りも多く、海外からの観光客も少なくない。

平日の夜にもかかわらず混雑しているのはそういう理由だろう。

あまり時間をかけては魅上に申し訳ないし、なにより家で夕飯の支度をしている優陽を待たせることになる。

「いらっしゃいませ」

三分も歩かずに到着した店には、店員が数人いるだけで客の姿が見あたらない。

それもそのはず、プロポーズの指輪をもらうならここがいいと、十年連続でランキングのトップを独占する有名なアクセサリーブランドだ。

簡単に買えるような値段ではないし、平日の夜にふらっと現れて見るようなブランドではない。

「外の広告を見たんですが、実物を見せていただいても?」

立ち寄ったのは、車の中から見えた美しいネックレスが理由だった。

「はい、ただいまご用意いたしますね。おかけになってお待ちください」

低いカウンターの前にある椅子に腰を下ろし、手もとのテーブルに視線を落とす。

ガラスのテーブルは中が空洞になっており、そこに指輪やブレスレットといったアクセサリーが並んでいた。

どれも美しいが、優陽には少し派手だと思う。

「お待たせいたしました」

女性のスタッフがやって来て、俺の前で箱を開ける。

広告にあったネックレスは、実物のほうがずっと美しかった。

小粒のダイヤモンドが十粒連なっているだけのそれは、非常にシンプルだ。プラチナのチェーンも存在感は控えめで、人によっては地味だと感じるかもしれない。

でも俺は、慎ましやかながらも目を離せない輝きを持つところに優陽を重ねてしまった。

「うん。……きっと似合う」

ホテルを案内した時の驚いた反応や、慣れるためにと手を握ったり、頬に触れたりした時のはにかんだ表情を思い出してつぶやく。

今まで形式的に女性にプレゼントを渡したことはあったが、その時に抱いていた義務感が不思議とない。

純粋に優陽の反応が見たくて――これをつけていっそう輝く彼女を見たくて、スタッフからの説明もそこそこに購入を決めた。

「ただいま」

ささやかな用事を済ませて帰宅すると、優陽がわざわざ玄関まで出迎えに来る。

「おかえりなさい。今日はビーフシチューだよ」

今日も俺が手料理に喜ぶ姿を楽しみにしているのだろう。期待した眼差しを向けられて、また彼女が愛おしくなる。

相手の反応を見たがるのは俺だけじゃないようだと思った。

「ここまでいい香りがする。またおかわりが止まらなくなりそうだ」

「お鍋いっぱいに作ったからたくさん食べてね」

彼女はうれしそうに言うと、食卓の準備をするためか、すぐにキッチンへ向かってしまった。

「……胃袋を掴まれるとは、こういうことを言うんだろうな」

苦笑して靴を脱ぎ、部屋にカバンを置いてすぐに部屋着に着替える。

先ほど寄り道で手に入れたものを背に隠し持ってリビングに向かうと、ダイニングテーブルにはすでにおいしそうなビーフシチューと焼きたてのパンの用意があった。

クルトンがのったサラダは鮮やかなパプリカで彩られ、空腹をますます刺激する。

今日の俺のための一品は、角切りにされた刺身とキュウリのマリネだ。手間になるからいいと言ったのに、優陽は毎日もう一品用意してくれる。

本人いわく作るのが好きだからかまわないとのことだったが、よく食べる俺を気遣ってくれているのはすぐにわかった。

誰だってそんな気配りをされたら好意を抱かずにはいられないだろう。俺もそうだった。

「うまそうだ。パンも自分で焼いたのか？」

「うん。ちょっとやわらかすぎたかも……」

「君が作ったものなら、どんなものでもうまいよ」

隠し持っていた箱をテーブルの端に置き、席について優陽と向かい合う。いただきます、と両手を合わせて一緒に食事を取るのも何度目か。

優陽はいつも俺の反応を見てから自分の料理に手をつける。

今日もそうだと思っていたが、予想に反して彼女の視線は俺に向いていなかった。

「その箱はなに？」

夕食後に渡そうと思っていたそれについて聞かれ、改めて後で持ってきたほうがよかったかと反省する。

早く渡した時の顔を見たくて、つい気が急《せ》いてしまった。

「ああ、後で渡すよ」

「渡す？　私に？」

優陽はしばらく不思議そうにしていたが、それなら後にしようとすぐに割りきったようだった。

いつも通りほのぼのした食卓を囲み、一日の出来事を話す。

温かで優しい時間だった。

実家では味わったことのないひと時を、いつからこんなに楽しみに思うようになったのか。

これまでは眠るために帰ってくる場所だった自宅が、今は彼女と過ごすための場所に変わっている。

手料理が楽しみなのはもちろんある。しかしそれ以上に、優陽がいるから早く帰ってきたいと思うようになった。

「……ごちそうさまでした」

しっかり三回おかわりをいただいてから手を合わせる。

「おそまつさまでした」

食事の後、心なしか得意げな顔をする優陽がかわいい。

今日もたくさん食べてもらえたぞ、という満足感が滲み出ている。

早くプレゼントを渡したい気持ちが強くなって、置いてあった箱を手もとに引き寄せた。

「片づけの前に渡しておく。君に似合うと思ったんだ」

「これは……?」

箱を受け取った優陽が首をかしげて蓋を開いた。

小粒のダイヤモンドが連なるネックレスを確認した瞬間、彼女の目が驚きに見開かれる。

「え、と……ありがとう?」

おや、と思って改めて優陽を見ると、なんとも言えない困った顔をしている。

その表情は俺の予想になかった。

「好きなデザインじゃなかったか?」

「ううん、そうじゃなくて。どうして急に?」

「君に贈りたいと思ったから」

過去に付き合った女性たちのように『渡す必要があるから』ではなく、純粋に彼女がどんな顔を見せてくれるか知りたくて贈った。

それなのに優陽は戸惑いと困惑を顔に浮かべている。

「今日は私の誕生日じゃないよ」

「もちろん知っている」

彼女との写真を撮られたと知って調べた時、そのあたりの情報は頭に入れていた。

「記念日……でもないよね」

「特別な日じゃないといけないのか？」

雲行きの怪しさに不安を覚えながら聞くと、優陽は眉を下げたまま首を横に振った。

「うれしくないわけじゃないの、ありがとう」

わざわざひと言付け加えるところに、彼女の本心が見え隠れしている。

うれしくないわけではないが、素直に喜んでいるわけでもない。

なぜ？と思った。女性はプレゼントを喜ぶものだと思っていたからだ。

「日頃の礼のつもりだと言っても、受け取りづらいか？」

彼女があきらかに戸惑いを覚えているのを感じて言う。

「お礼ならもう、両親への援助をしてもらってるよ」

「それ以上に君になにか贈りたかったんだ」

優陽は箱の中のネックレスから俺に視線を移し、ややぎこちない笑みをつくった。

「ありがとう。でも私にはなにもしなくて大丈夫。今のままで充分だから」

こんな顔を見るはずではなかったのに、どこで間違えたのだろう。

「後でさっそくつけてみるね。とりあえずこれ、片づけてきちゃう」

「……ああ、うん」

ふと、彼女が以前言っていたことを思い出した。

アクセサリーは特別な人からもらいたい――。

今もその考えが変わっていないなら、俺はアクセサリーをプレゼントしてほしい相手ではなかったということだろうか。

いや、自分が特別に思われているなんておこがましい期待はしていない。

ただ、俺が思うのと同じくらい、ふたりの時間を温かく感じていたらいいと……。

ネックレスが入った箱を丁寧にテーブルの端に置いた優陽は、汚れた食器を手に立ち上がった。

俺も自分の食器を流し台へ運びながら、なぜ彼女が困った顔をしていたのかをずっと考えていた。

◇◇◇

志信さんはやっぱり、住む世界の違う人だ。

食洗機に食器を入れながら、改めてそう認識する。

贈りたいと思ったから、似合うと思ったから、という理由でとんでもないものを渡されてしまった。

あれは超がつくほど人気のハイブランドのネックレスだ。

どんなに安くても六桁以上するし、以前円香から聞いた話が正しいなら、八桁の婚約指輪をプレゼントされた女優がいたはずだ。

自分へのご褒美に、という考えも出てこないようなブランドのアクセサリーを、志信さんは買ってきた。

日頃の感謝のつもりとは言っていたけれど、あの様子だと以前から準備していたものではないように思う。

「優陽、お茶を淹れようと思うんだが飲むか？」

「あ……うん」

声をかけられてぎくりとしながら、食洗機のスイッチを入れてリビングへ向かう。

入れ替わりにキッチンへ向かった志信さんを見送り、ソファに腰を下ろした。

――彼との契約結婚は居心地がいい。

だけど、当初に想定していたような『妻のふりをしなければならない時』もないし、仕事もなくただ趣味と実益を兼ねた料理を楽しむ毎日には申し訳なさを感じる。

料理以外の家事もこなしているとはいえ、この生活を受け入れて許されるだけの成果を出しているとはとても思えなかった。

本当にこれでいいんだろうかと小さな不安がないわけでもなかったところに、このプレゼントだ。

どうして彼は、契約妻でしかない私にここまでしてくれるのだろう?

「はい、お茶。火傷には気をつけろよ」

戻ってきた志信さんが私の前にお茶を置いてくれる。

「ありがとう。飲んだらネックレスをつけてみるね」

「……ん」

短い返事からは彼がなにを考えているのかが読み取れない。

私は本当にあのネックレスを受け取ってしまっていいのだろうか?

契約妻にすぎない私が甘やかされる理由を聞かれても、答えられない。

なにか裏があると言われたほうがよっぽど安心する。

「今まで、こういうプレゼントをもらった経験はあるのか？」

探るような言い方からは、志信さんがどういう意図でそんな質問をしたのかが読み取れない。

「……あるよ。高校の頃に」

彼もまた、私になにかとプレゼントをしたがった。

私の喜ぶ顔が見たいとか、似合うと思ったとか、そんな理由に喜んでいたけれど、事実は残酷だった。

私へのプレゼントと言っていたそれは、彼がほかの子に――浮気相手に渡して断られたものばかりだったのだ。

その時、私こそが浮気相手で本命は別にいたと知ってしまった。

話を聞いた円香が怒り狂い、公衆の面前で彼の悪行を暴露して、残りの高校生活が台なしになるまで追いつめたのは、今となっては笑い話である。

その経験を経て私は恋愛に対して臆病になり、円香は私に恋愛の話をしなくなった。

「でも、こんなに立派なプレゼントは初めて」

「気に入らないなら、そう言ってくれ。すぐに別のものを用意する」

きっと志信さんなりの気遣いだとわかっていても、やっぱり戸惑いが拭えない。

そこまでして私にプレゼントをする理由が思いつかないからだ。

もしかして好意を抱いてくれているんだろうか——なんて期待しそうになった自分を慌てて押し込める。

契約結婚を提案したのは志信さんだ。誰よりも私たちの間に恋愛感情がないことをよくわかっているはず。だから私も期待してはいけないのだ。

単なるプレゼントだと知ったら悲しくなるし、少しでも好意があるとわかったら——胸の奥でくすぶっている気持ちが強くなってしまう。

「誤解させちゃってるかも。ごめんなさい。あんまり立派なものだからびっくりしただけなの。本当に」

とりあえず、もらってうれしくないわけではないことを伝えようと必死になる。

「このネックレスにぴったりの服も探さなきゃね」

「だったらまた一緒に買いに行こう。服も贈りたい。必要なら靴だって」

私以上に志信さんのほうが必死に見えるのは、きっと気のせいだ。

彼は出会った時にも、ドレスと靴を贈ると言ってくれた。

あの時の理由と、今プレゼントしようとする理由は、絶対に違う。

以前と同じように甘えられないのは、その理由がなにかわからないからだ。

「自分で買うよ……？」

「俺が君に贈りたいんだ。だめか？」

そんな言い方をされたら、私が料理を作る時と同じように、喜ぶ姿を見たくてやっているんじゃないかと期待してしまう。

「本当の妻じゃないのに、そこまでしてもらうなんて」

「そんなこと、気にしなくていい」

志信さんならそう言うだろうと思っていた。

「……私は気にします」

ぽつりと言ったひと言は、意図せず敬語になった。

彼ともっと近づきたいと思っているのに、近づかれると怖くなる。

志信さんの優しさに触れ続けたら、きっと私は——。

彼への好意は人として好き、にとどめておくべきだ。

でも、そろそろつらい。

好きになってはいけない相手だと思えば思うほど、押さえ込んだ気持ちが大きくなっていくのを感じた。

欲しいのはひと言だけ

【優陽、元気？　来週の金曜日、夜ご飯食べない？】

円香からそう連絡がきたのは、志信さんからプレゼントをもらった三日後のことだった。

彼女とは、社会人になってからも月に一度は会っていた。

こんなに長くやり取りがなかったのは初めてのことで、ようやくメッセージがきたことに安堵する。

【もちろん。最近忙しかったみたいだけど、少しは落ち着いた？】

【ある程度は。そっちはどう？　元気？　仕事はまだ大変？】

そんなメッセージが送られてきて、ふと円香に近況を全然伝えていなかったと気づいた。

【仕事はいろいろあって辞めたんだ。それと、私もこの間結婚したよ】

【え⁉　どういうこと⁉　待って、来週聞く！　とりあえず場所の候補を出しておくから！】

居酒屋と呼ぶにはおしゃれな飲み屋のアドレスがいくつも送られてくる。

会う日の詳細を決めてから、リビングでくつろぐ志信さんのもとへ向かった。

「志信さん、来週の金曜日に友だちと飲みに行ってくるね」

ソファで寝転んで本を読んでいた志信さんが体を起こし、一瞬眉根を寄せる。

「友だち？　ああ、もしかして円香さん？」

「あ、うん」

どこまで円香の話を彼にしていたか思い出せないけれど、私がオープニングセレモニーで一緒にいた相手だというのは知っているだろう。

あるいは円香と知り合いらしい筑波社長に聞いたのかもしれない。

「遅くなりそうだから、夕飯の支度をしていくね。温めたら食べられるものを用意しておくよ」

「いや、せっかく友だちに会うんだから、こっちのことは気にしなくていい。俺も外で適当に済ませてくる」

「いいの？　じゃあ、お言葉に甘えて」

あまり遠慮しても彼を困らせるだけだとわかっていたから、厚意には素直に甘えておく。

「もし迎えが必要なら連絡してくれれば、すぐに行くよ」

「ありがとう」

来週の話なのにそう言ってくれるのがうれしい。

「それじゃあ、おやすみなさい」

立ち上がった志信さんが私の前にやって来て、じっと見つめてくる。

私たちの間は密着しているようで、紙一枚分の絶妙な距離があった。

「どうしたの？」

「……夫婦らしいことをしてもいいか？」

「えっ？　別にいいけど……？」

なにをするのかと思ったら、心の準備ができる前にぎゅっと抱きしめられた。

「おやすみ、優陽」

全身を包み込む心地よいぬくもりと、耳もとで響く志信さんの声は、私の思考を容易に奪う。

一瞬だけ私を抱きしめた志信さんは、何事もなかったように背を向けて自室へと消えていった。

「おやす……み？」

なにが起きたのか理解できず、立ち尽くしたままつぶやく。

今のはなんだったのだろう？　夫婦らしいことをする？　どうして？

遅れてぶわっと顔が熱くなり、その場にしゃがんだ。

どんな気まぐれで、どんな理由があっての行為でも、もういい。

もっと抱きしめられたいと思った時点で、これ以上この気持ちを押さえきるのは不可能だった。


金曜の夜がやってきた。

久しぶりに顔を見られて安心したのは私だけではなかったようで、円香もうれしそうにしている。

雰囲気のいいおしゃれな居酒屋は、女子会向けだとホームページに書いてあった通り、女性客が多い。

おしゃべりを楽しむ声がそこかしこから聞こえてくる中、私たちの席は店の奥にある個室だった。

四人席らしく、荷物を椅子に置いてのびのびとテーブルを占領する。

「結婚したこと、どうして言ってくれなかったの？　びっくりしちゃった」

「私だっていきなり言われてびっくりしたよ。相手はどんな人？」

「先に優陽からどうぞ。聞くまで今日は帰らないからね」

「私も円香が教えてくれるまでは帰らないつもり」

ふたりで乾杯し、甘いサワーで喉を潤しながら話に花を咲かせる。

最後に会ってからしばらく経つのに、昨日も会っていたかのように話せるのはとても幸せなことだった。

「私は……うーん、いい人だよ」

契約結婚で、しかも相手はあの水無月志信さんだ――などと言ったら、きっとひっくり返ってしまうに違いない。

それに私たちの関係は非常にデリケートだ。いくら円香が大事な親友でも、志信さんの断りなく話すのは申し訳ない。

「いい人って。ざっくりしてるなぁ」

「円香の旦那さんは？」

「……いい人ではないかな」

「えっ」

まだ一杯目なのに酔いが回っているのか、円香がテーブルに肘をついて息を吐く。

「どっちかっていうと、ひどい人。最低。鬼畜」

「そ、そんな人と結婚したの？」

「うん」

円香が手もとのグラスを指でつついてつぶやく。

「なにを考えてるのか、ずっとわからない。……私のことなんて好きじゃないはずなのに」

「どういうこと？　好きじゃないのに結婚したの？」

「なんで私だったんだろうね。……いや、理由は聞いたんだけど」

一気にテンションが下がった円香を見て不安になる。

いつも明るい彼女がこんなふうになるなんて、よほどつらい結婚生活のようだ。

「……悩んでるの？　結婚したこと」

「もうずっと悩みっぱなし。……ああもう、愚痴っぽくなりたくなかったのに」

「いいよ、吐き出しちゃえ」

こんなに悩んでいると知っていたら、もっと早く私のほうから連絡すればよかった。

私も志信さんとの生活で悩むことはあったけれど、円香ほど深刻ではない。

「私たち、ずっとお互いの恋愛についてだけは話してこなかったよね」

「うん。……私のせいだよね？　高校の時のあれがあったから」

「それもちょっとあるけど、私も話せるような恋愛をしていなかったから」

「そうなの？」

「大学の時に、いろいろあって」

私と円香は違う大学に進んでいる。

学園祭に遊びに行ったり、今日のように会ったりはしたけれど、具体的にどんな大学生活を送っていたかまでは知らない。

「それはそれで割りきってたつもり。二度と恋愛なんかするかって思ったけどね」

たった一度、円香が酔った勢いで『もう恋愛はしたくない』とこぼした時のことを思い出す。あの時の円香は寂しそうだった。そして、悲しそうだった。

「なのに結婚……なんでこうなったんだろ……」

「……お水飲む？」

ここまで酒に弱い人ではなかったはずだけれど、ため込むものが多いせいで回りが早いのかもしれない。

「……優陽は、好きになっちゃいけない人を好きになったこと、ある？」

「えっ」

円香の言葉が胸の内の深い場所に突き刺さる。

今、私が一番悩んでいるのがそれだ。心を読まれたのかと思ってしまった。

「どうして急にそんなこと……」

「聞きたくなっただけ。……で、どう？」

「……あるよ」

今まさにその状況だとまでは言わない。

でも認めたことで、この気持ちが本当に恋だと理解してしまった。

「好きにならないようにするって難しいんだなって思った。もうね、一回素敵だなって思ったらだめなの。ちょっと目が合っただけでどきどきしちゃう」

志信さんは家にいる時、家事をする私と目が合うとふにゃっとやわらかい笑みを見せてくれる。

あの顔を見るといつもどきどきして、胸が締めつけられるような切ない気持ちになった。

「好き合う関係じゃないってわかってるんだから、優しくしないでくれたらいいのに」

「その人、優しかったの？」

「うん。……すごくいい人」

円香は過去のことだと思って質問しているんだろうけれど、志信さんは今の人だ。目的がわからない親切と、まるで甘やかすようなプレゼント。無意識に自分の胸もとに手を寄せ、贈られたネックレスにそっと触れる。

「……わかるなあ」

円香が大きく息を吐いて、グラスに入った水を飲む。

「わかりすぎて泣きそう」

「泣いてもいいよ。ぎゅってしてあげる」

「やだ。子どもみたい」

そっぽを向いた円香に手を伸ばし、その手を握った。

「私が泣きたい時は、円香が一緒にいてくれたでしょ。だから私も一緒にいる」

「優陽と結婚すればよかったあ」

「それだったら話も早かったよね。……ほんと、結婚って大変」

今なら円香の悩みに共感できる。

彼女の抱く悩み事とは種類が違うだろうけれど。

「なんにも心配しないで、素直に夫と幸せになれたらそれが一番なのにね……」

酔った円香に手をにぎにぎといじられて苦笑する。

私も志信さんと幸せになりたい。

愛してると言って、受け入れてもらいたい。

だけどそれは、叶わない夢だ。


終電には間に合ったものの、日付が変わってからの帰宅となった。

それなのに玄関のドアを開けると、志信さんが安堵の表情とともに出迎えてくれる。

「遅いから連絡しようかと思った。楽しかったか?」

「……うん」

楽しかったと言ったつもりが、くすぶっている気持ちに嘘をつけず曖昧な回答になった。

「楽しかった」

変に思われても心配をかけるだけだろうと思い、一度はのみ込んだ嘘を吐き出す。

靴を脱いで私室に荷物を置き、洗面所で手を洗ってからとぼとぼとリビングに向かった。

ソファに座ると、志信さんがためらいがちに隣へとやって来る。

「……優陽」

踏み込むべきか、やめておくべきか――。

彼らしくないもどかしげな表情から、薄っぺらい言葉程度ではごまかせなかったのだと悟る。

「友だちが悩んでるみたいなの」

話す気はなかったのに、気が緩んでこぼれ出た。

志信さんが姿勢を正して、そっと私の肩に手をのせる。

「俺は力になれるか？」

優しく尋ねられてから、この人は私が思うよりずっと〝私〟を理解しているのかもしれないと思った。

「友だちの悩みを解決したいと思っているんだろう？　俺は君の力になれるかな」

言葉が足りなかったと思ったのか、改めてもう一度質問される。

「わからない。私も力になりたいけど……。どうすればいいんだろう」

「……おいで」

志信さんが軽く手を広げて言う。

この広い胸に甘えたら、きっともっと好きになってしまう――。

わかっているのに、気がつけば私は彼の腕の中にいた。

こんなふうに触れ合うことなんかなかったのに、パズルのピースがはまるような安心感を覚える。

「助けを求められていない気もするの。自分でなんとかしちゃう子だから」

「それなら無理に手を貸そうとしなくてもいいんじゃないか。大事な友だちなんだろうが、考えすぎると優陽のほうが先に壊れる。……そうなったら俺がつらい」

「……うん」

志信さんの言葉にずいぶん救われる。

「ありがとう、志信さん」

「どういたしまして」

ゆっくり息を吐いてから、広い胸に顔を押しつけた。

かつて感じたあの香りは、この家で生活するようになってから嗅いでいない。それが逆に、彼のプライベートに踏み込んでいることを示唆している気がした。

それを喜んでいいとは思えない。

彼に近づけば近づくほど、叶わない想いに苦しむだろう。すでにこんなに苦しいのだから、契約妻の立ち位置から動かずにいるべきだ。

わかっていても、彼の腕から離れられない。

この温かさを知らなければ、いつか別れる日を寂しく思うこともなかった。

つらいと言えば受け止めてくれる人がいると、知りたくなかったのに……。

「……もし私も悩んでいるって言ったら、どうする？」

「俺のせいか？」

視線を上げると、驚いているようには見えない志信さんの顔があった。

私に悩みがあるとしたら自分のせいだと、すぐに思うところに彼の優しさがあると思う。

「志信さんのせいじゃない……けど、志信さんのことで悩んでる」

「聞かせてくれ」

「……どうして契約結婚なのに優しくしてくれるのかわからなくて、怖い……です」

しばらく使わずにいた敬語が出たせいで、彼と線を引いたようになってしまった。

「俺の都合での結婚なのに気を使わないのは失礼だろう」

「……それだけ？」

そんな義務感だけで、今日まで優しくしてくれたのかと少し切なくなる。

志信さんは考えたそぶりを見せてから、真面目な顔でうなずいた。

「それだけだと言われると答えにくいが、根本的な考え方はそうだ」

「それにしてはいろいろしすぎだよ」

私室を整えてくれたり、調理器具を用意してくれたり、そういうのはきっと私の中ではまだギリギリ許容範囲だった。

かといって引っかかるものがなかったわけではなくて、ずっと解決されない疑問として胸の内にあったのだと思う。

表面化したのは、あのプレゼントがきっかけだ。

「ネックレスも……うれしかったけど、わからなかった。どうしてこんな高価なものをくれるんだろうって」

「……君がどんな反応をするのか見たかったんだ」

プレゼントされた時もそんなようなことを言っていたのは覚えている。

だけど私には、それのなにが楽しいのかがわからない。

「初めて会った時、プレザントリゾートの案内をしただろう。なにを紹介しても驚いてくれるのが、見ていて新鮮だった。お客様のそういう反応を見たくて開発に手を貸したのにな」

「……うん」

「なんだか目を離せなくなった。今まで会ったことのないタイプの人だなと。とくに自然と距離を縮めてくるところとか。だから触れられても嫌じゃないと――触れたいと思ったんだろう」

触れられても嫌ではない、というのと、触れたい、というのは大きな差がある。

どきりとするのと同時に、彼が突然抱きしめてきた時のことを思い出した。

「不安にさせてすまない。だが、自分から触れたいと思ったのも、なにかを贈りたいと思ったのも、もっと知りたいと思うのも、君だけなんだ」

言葉を選んで、丁寧に私の不安を取り除こうとしてくれているのがわかる。

彼の優しさは泣きたいほどうれしかった。

もしもその言葉が、私と同じ気持ちからくるものだったらもっとうれしかっただろう。だけどここにあるのは親愛であって、それ以上ではない。

「私も……志信さんのこと、もっと知りたいな」

彼の瞳に捉えられて初めて、〝水無月志信〟について知らないことのほうが多いと気づいた。

株式会社ウェヌスクラースの社長で、プレザントリゾートをはじめとしたホテルやリゾート地といった土地の開発に携わっている。

気遣い上手で紳士的。親切で優しく、自分は恋愛に向いていないと思っている人。

そして細身の体のどこに入っているのかと驚くほどよく食べ、素直に感想を伝えてくれる、食べさせがいのある人だ。

でも彼がどんな過去を歩んできたのか、どういった経緯で今の地位にいるのか、将来どうしていきたいのかはわからない。

「私が知ってるのは、甘いものはそんなに食べないみたいだけど、甘辛い味は好きってこととか……そういうのだから」

「思ったより、俺についてなにも知らないということがわかった」

「ご、ごめん」

「いや。ある意味では誰よりも詳しいか。俺の味の好みを知っている人間は少ないからな」

「お母さんは？」

自分にあてはめて質問してから、はっと口をつぐむ。

私が実の両親を亡くしているように、彼もそうだったら――。

つくられた笑みは彼の感情を覆い隠していた。

なにげなく聞いたつもりが、失言だったようだ。

「ごめん、今のは……」

「俺たちはお互いについて、きっと知らないことばかりなんだろう。わかっていたのに、わかっていなかった。だから悩ませてしまったんだな」

また、志信さんが私の髪をなでた。

指ですくいとったひと房をつまんで、くるりと巻く。

子どもじみた仕草が甘やかに見えて、胸が少し騒いだ。

「俺のことを知ってもらえば、プレゼントを贈った理由にも納得してもらえるかな」

「……そうだったらいいな」

「じゃあ、改めてデートしよう。前回は買い物のついでみたいなものだったし」

どうやら私を知るために踏み込もうとしているらしい。

私だけでは考えつかなかった方法を提示され、考える前にうなずいた。

「うん。だったら、私にも半日ちょうだい」

「ん？　半日？」

「してもらうばかりじゃ申し訳ないから、私を知ってもらうためのデートもさせて」

「わかった」

志信さんは指に巻きつけていた髪をほどくと、私の頬を軽くなぞった。

「いい加減、はっきりさせたいことがあるしな」

それがなんなのかを彼は語ろうとしない。

すべり降りた指が輪郭をなぞっておとがいで止まり、そのまま私の顔を持ち上げる。

夫婦になってから初めての口づけは、知らないうちに熱くなっていた頬に落ちた。


円香の悩みを聞いて明確になった私の悩みが、果たして今日解決するのかどうか。

デートの当日を迎え、昼の時間を譲られた私は彼を水族館へ連れていった。

自分の好きな場所ということで選んだのだけれど、これが大失敗だった。

「ごめんなさい。あなたが関わっていた事業とは知らなくて……」

「俺も事前にどこへ行くか聞いておけばよかった。すまない」

十年前、再開発された土地に誕生した水族館は、今や地域どころか県の観光地の定番になっている。近くに大型商業ビルが建ったのも大きい。

そこに携わっていたのが株式会社ウェヌスクラース。そう、志信さんの会社だ。

デート先にそこの代表取締役を呼ぶなんて、彼についてなにも知らない最たる証拠だろう。

「今からでも違う場所に……」

「いや、ここにしよう。君が自分を知ってもらうために、一番いい場所だと思ったんだろう？　だったら移動する理由はない」

「だけど私よりあなたのほうがここに詳しいよ」

誰がどう考えても失敗なのに、そんな言い方でフォローしてくれる。

こうなったら、せめて彼を楽しませようと思った。


薄暗い館内を歩きながら、なぜここをデート場所に選んだのかを説明する。

「ここね、高校の卒業旅行で来たの。円香との思い出の場所なんだ」

「そんなに昔から友だちだったのか」

うなずいて、大きな水槽に近づく。

「こんなに大きな水槽の前じゃ、隠し事もできそうにないねって。なんでそんな話になったんだったかな。でもここで、お互いに思ってることを全部言い合ったの」

志信さんともそんなふうになれたら――。

言外に願いを込めて、水槽を見上げた。

「……昔の恋人と来た、と言われなくてよかった」

安堵する声が聞こえて志信さんを振り返る。

「もしかして来たことがあるのか？」

「あ、ううん。……振られた時にも来たってだけ。その時も円香と一緒だった」

「聞かせてくれ」

私の昔の恋愛の話なんて聞いてどうするのだろう、と前にも思った気がする。

気恥ずかしさはあるけれど、自分を知ってもらうためにも話すことにした。

「高校の卒業旅行で来たんだ。まだちょっと元カレを引きずっていた頃、ここで円香が私に元気をくれたの。大丈夫、親友の自分だけは一生一緒にいるからねって。最初で最後の恋愛だったけど、円香だけは本当に一緒にいてくれた」

「最初で最後の恋愛、か」

「あ、誤解しないでね。今も好きだから恋愛してこなかった、とかじゃないの。……私、自分が浮気相手だって知らなくて」

色とりどりの南国の魚が泳ぐ水槽の前で立ち止まり、懐かしい記憶と景色を重ねる。

「じゃあ、その男はほかに相手が？」

「そう。そっちが本命で私がキープ。たくさんくれたプレゼントも、本命の子に断られたから私に横流ししたものだった」

「最低だな」

「円香もそう言ってくれたよ」

卒業旅行の少し前、私はほかの恋人たちがそうしているように、こっそり抜け出してふたりの自由行動を過ごしたいと願った。

ルールを破るような真似はしたくないと言った彼の言葉に反省したけれど、あれはほかに本命の相手がいるから難しいという意味だったのだ。

「私が怒る前に友だちが怒ってくれて、その人の悪行をみんなの前で全部言ったの。そうしたら、前にも似たようなことをしていたみたいでね。旅行中も、卒業を迎えるまでの間も、みんなから白い目で見られてすごく気まずそうだった」

「人を騙《だま》すような真似をした報いを受けたわけだ」

ちなみに元カレはそんな日常のせいか、大学受験の結果もさんざんだったらしい。

最終的にどうなったのかまでは聞いていなかった。もう私には関係のない人だと、割りきっていたからだ。

「結果的にはすっきりしたんだけど、やっぱり悲しかった。私、おとなしそうで〝ちょろく〟見えるんだって。だからキープにちょうどいいと思われていたみたい」

ほかの恋人の存在について問いつめた際、恋人本人にそう言われた。

「……似たようなことを親戚にも昔から言われていたの。すごく嫌だった」

「前に会ったあの男か」

「うん」

宗吾くんは私のそういうところがいいと小ばかにして笑った。

育ててくれた今の両親を困らせたくなくて相談できないことに増長し、なにかと私に絡んでは上から目線で命令し、いやらしく体に触れてきたのだ。

「……俺も反省すべきだな」

「どうして？」

「俺も君をおとなしそうな人だと思っていた」

「志信さんは一度も、私にひどい真似をしなかったよ。いつも真正面から向き合ってくれた」

「どうかな。結婚するように言ったのは、充分ひどい真似だろう」

分厚いガラスを隔てて、目の前を鮮やかな青い色の魚が泳いでいく。

それを目で追ってから、ふと水槽に反射した自分の笑った顔に気づいた。

「それをひどい真似だって思ってる時点で、いい人じゃない？」

彼はずっと私に償おうとしていたし、この関係が私にとって悪いものにならないよう、努力もしてくれていた。

今まで私を軽んじてきた人たちなら、お互いを理解し合うためのデートになんて誘わなかったはずだ。

「嫌な話ばかりしちゃったけど、私、いい人に恵まれた人生を送っているんだ。本当の両親が事故で亡くなった時に引き取ってくれた両親でしょ？　ずっと私の友だちをしてくれている円香でしょ？　それと、志信さん」

「俺もそこに加わっていいのか？」

「うん」

「……ありがとう」

志信さんが私の隣に立って、同じように青い魚を目で追う。

彼の横顔は水槽のライトに照らされると、よくできた彫像のように美しく見えた。改めて、顔の造形が非常に整った人なのだと感心する。

「ずっと異端扱いだったから、君に褒められるたびに照れくさくなる」

形のいい唇が紡いだ言葉の不穏さにどきりとした。

「異端って？」

「今まで君は、一度も水無月家について聞いてこなかったな。名前だけでも聞いたことは？」

「志信さんの名字ってことくらいしか……」

「じゃあ、ご家族ともども健康的だったんだな。いいことだ」

志信さんがそっと水槽に手を触れさせる。

興味を惹かれたのか、それとも偶然か、平たい顔の魚がのっそりと近づいてきた。

「水無月家といえば、有名な医者の一族をいう。医者としての仕事はもちろん、テレビでコメンテーターを務めたり、本を出したり、難易度の高い手術を成功させたとニュースになったりと、知名度は高いほうだと思う。俺も将来は絶対に医者になれと言われてきた。自分で言うのもなんだが、成績はいいほうだったし」

「でも、ならなかった？」

志信さんが深くうなずく。

「高校生の時、藍斗に引っ張り出されて、とあるリゾート地に行ったんだ」

プレザントリゾートを共同開発した筑波社長の名前が出てきて驚く。友人関係にあるのは知っていたけれど、まさか高校生の時にはもうそうだったとは。

彼らが今、三十二歳なのを考えると、実に十五年近く友人でいることになる。

私と円香も年を重ねたらそうなっていくのだろうと思い、勝手に親近感が湧いた。

「まだ俺たちも若かったしな。自分たちだけの力で、ちょっとした贅沢を楽しんでやろうと思ったんだ。アルバイトでお金をためて、その頃有名だったそこのホテルに泊まってみた。ちゃんと親の許可を用意するあたり、真面目な高校生だと思わないか？」

制服を着た志信さんを想像し、くすくす笑う。

筑波社長の人柄は知らないけれど、志信さんは今とあまり変わらないのだろう。

「どうだったの？」

「今、この仕事をしているのが理由だ。……素晴らしかった。相手が未成年だろうと手を抜かない完璧なサービスを受けて、初めて一人前として認められた気になったな」

「……ん？　でもホテル事業は筑波社長がしているんだよね。どうして志信さんは土地開発のほうにいったの？」

「ホテルだけより、リゾート地そのものをつくるほうが楽しそうだったし、あいつに『同業になったら徹底的につぶしてやる』と脅されたからだな」

そんなやり取りがあっても友人関係を続けているのだから、ふたりの仲のよさは本物なのだろう。

その証拠に、志信さんは笑っている。

「俺も藍斗とやり合うよりは、いい感じに利用……言い方が悪いな。手を組んだほうがおもしろいと思ったから、別にかまわなかった。そのおかげでプレザントリゾートができたし。いい場所だろう、あそこは」

「うん。まだ全部見きれていないのが残念」

「そういえばそうだった。夫婦になったんだし、改めて案内すればよかったな」

今ならあの日よりももっと楽しく過ごせるに違いない。

彼がいつかのお楽しみにと言った観覧車も、ふたりで乗れるのだろう。

「……話が脱線したな。そういうわけで俺は、医者になるよりこっちの仕事をしたくて両親を説得した。それはもう、大激怒だったよ。由緒正しい医者一族から、そんな形で道をはずれる人間が現れるなんて思ってもいなかったらしい」

水槽を見つめる視線の先には、小魚の群れに交ざる色違いの魚がいた。

「どれだけ業績を伸ばして有名になっても、両親は許してくれない。結婚発表してもなにも言ってこないし、俺からの連絡にも応えない」

「じゃあ私との結婚の件は……」

「魅上経由で伝えてもらったが、返事はないな。息子なんてものはいなかったことになっているのかもしれない」

色違いの魚が小魚たちに追いやられて水槽の隅へ逃げていく。

志信さんの中で両親の件は割りきっているようだったけれど、落ち着きすぎているその横顔が無性に切ない。

「……私、知らなかった」

水槽に置かれたままの志信さんの手に思いきって触れてみる。

魚を見ていた志信さんが私に視線を移した。

「実の両親が揃っている家庭に憧れがあったの。みんな幸せなんだと思っていたから。でも、子どもっぽい考え方だったね」

「すまない、つらいことを思い出させてしまった」

「ううん。あなたの話を聞けてよかった」

長らくひとつの水槽に陣取ってしまったため、志信さんの手を引いて次の水槽へ向かう。

「ご両親はあなたを異端だって言うかもしれないけど、私はそう思わない。人を救う仕事に就くのは立派なことだと思う。でも志信さんだって、明日を生きるための楽しみをつくる仕事をしているでしょ？　〝生きるための仕事〟として行きつく先は一緒じゃないのかな」

「いい考え方だ。俺のおかげで救われた人がいればいいんだが」

「私がいるよ。高校生だったあの時、ここで救われた」

「ああ……。そうか、そうだったな」

私はここで、円香の友情に救われた。

この場所じゃなかったとしても、きっと彼女は私に欲しい言葉をくれただろう。

でも、私が前を向くきっかけをもらった場所は、志信さんの手掛けたこの水族館だ。

「それに、医者でも社長でも、志信さんは志信さんだよ。自分の好きなことをするのが一番いいんじゃないかな」

彼を異端者だと拒む義両親を否定したくて、ついムキになった。

志信さん自身が落ち込んでいるわけでもないのに、言いすぎたかもしれないと今さら反省する。

「偉そうにいろいろ言っちゃった。ごめんね」

「いや、ありがとう」

志信さんは私の手を握り返し、今まで見たことのない温かな笑みを浮かべた。

「俺も救われたよ。本当にありがとう」

「それなら、うん。よかった」

彼の笑みを真正面から受け止めきれなくて、つい目を逸らす。

「そうだ、ここの水族館っていつ手掛けたの？　今年が十周年なら二十二歳の時にオープンしてるんだよね？　社会人になってすぐ？　でもそんなに早く開発ってできるものなの？」

「もともとこの辺りを開発する計画があったんだ。何年も前から決まっていたんだが、いろいろあってとん挫しそうになっていてな。伝手で噛ませてもらった。まだ大学に通っていた頃の話だ」

「えっ、そんなに前から？」

「言っていなかったか？　学生の時に起業しているんだ。水無月家の『医者にならなかった息子』として興味を持ってくれる人が多かったから、コネも伝手もつくるのは難しくなかった」

だとしたら、彼は両親に傷つけられただけではなく、恩恵も受けられたのだ。

もっとも、興味を持った人々を味方につけたのは志信さんの力によるものだけれど。

「私が思っているよりずっとすごい人だったんだ」

「運のいい人間だという自覚はある」

志信さんの指が、私の指に絡まって手のひらが密着する。

「人生最大の幸運は、君と出会えたことだな」

好意的な響きをこれでもかと含んだ声は、私の胸を簡単に騒がせた。

彼がこんなふうに私を特別扱いするのは、今に始まった話ではないのに。

自分を知ってほしいと、彼を知りたいと踏み出したから、これまでと違う気持ちで聞こえてしまうのだろうか。

ありがとうと言うのもおかしい気がして、もごもごと言葉にならない返答になる。

その後の時間もつながれたままの手を意識してしまい、なにをしたのかいまいち頭に入ってこなかった。


今までにないほど穏やかな時間は、一通の連絡によって終わりを告げた。

水族館を出た後、時間を確認しようとスマホを見たら、宗吾くんからのメッセージが届いていたのだ。

せめて今日だけは、嫌なものを視界に入れたくない。志信さんとのとても素敵なひと時を何者にも邪魔されたくない――。

そう思ってバッグの奥深くへスマホをしまったのに、どこに違和感を覚えたのか、志信さんが訝しげな表情で私の顔を覗き込んでくる。

「どうかしたのか?」

どうして気づくの、と尋ねそうになってしまった。

宗吾くんからの連絡による不快感を顔に出したつもりはないし、態度にだってもちろん表さなかったのに。

「あ……ううん、ちょっと」

「ちょっと、なに？」

「……志信さんこそ、どうしてそんなふうに聞くの？」

以前の彼だったらきっとすぐに引いていたはずだ。

そういう時に私は、線を引かれているようだと感じたり、契約妻でしかない立場を思い知ったりしたのだから。

それなのに、志信さんはゆっくりと首を左右に振って私を見つめる。

「なんとなく。顔がこわばっているように見えた」

とっさに自分の顔に触れ、こわばりがあるかどうかを確認する。

だけど私の指先には自分のやわらかな頬の感触が伝わるだけだ。

「そうかな。気のせいだと思――」

「自覚があるから、顔を触ったんじゃないのか？」

なにげない質問のようでいて、鋭い指摘だった。

心臓をつつかれたのかと錯覚するほどどきりとしてしまい、無意識に視線を下へ向ける。そうしてから、その反応が志信さんにより疑念を抱かせるのではないかと思い至った。

「あの、私」

再び顔を上げた私の瞳に、心配したような志信さんの表情が映る。

隠し事をされて怒っているわけでも、なにかを疑っているわけでもない、心から『大丈夫だろうか』と私を案じている顔だ。

中途半端に開いた唇が微かに震える。

「宗吾くんからメッセージが……」

気づけば私は、一度は黙っておこうと思ったそれを口にしていた。

「あの親戚の男か」

私を案じる表情が一変して、険しいものに変わる。

「内容は？　確認したか？」

「ううん、まだ……」

「見るのが怖いなら俺が見よう」

どうしてこの人はこんなに、私に寄り添ってくれるのだろう。

だって私は契約妻だ。面倒な親戚のことまで気にかける必要はない。

それがわかっているから、本気で心配してくれている彼に伝えてしまったのだと、心のどこかで納得していた。

「それとも、見られたくないか？　だったら、君の気持ちが落ち着くまでそばにいる」

「……自分で確認してみる」

本当は彼を頼って、手だけでも握ってほしいと言いたかった。

でもそこまで求めていいのかわからなくて、言えずに我慢する。

嫌な汗が背筋に伝うのを感じながらバッグを開き、スマホを取り出してメッセージを開いた。

画面が映し出されるまで何時間もかかったかのような気持ちになる。

志信さんがすぐそばで見守る中、きっと楽しくはない内容を目で追った。

【この間の男はいったい誰なんだ？　夫婦なんて言ってたけど嘘だろ？】

ああ、といつの間にか止めていた息を吐き出す。

夫婦だと言った志信さんの言葉は、一応ちゃんと届いていたようだ。

【ばかみたいな嘘をつかせたこと、ちゃんと謝ったか？　まあ、お前もかわいいところがあると思ったよ。ああやって俺の気を惹きたかったんだろ。っていうか、あれか。もしかして早く結婚してくれってアピール？　じゃなかったら、夫婦なんて言わせな

いもんな?】

文字が、単なる記号として流れていく。

こんなものの意味を理解したくはないと、頭が拒否しているのがわかった。

【ちゃんと結婚してやるから安心しろ。お前は俺のものにしてやるって言っただろ】

「優陽」

ぼうぜんとする私の耳に、志信さんの声がすっと入ってくる。

のろのろと顔を上げた私は、説明のために読み上げるのも嫌になって、彼にスマホの画面を見せた。

志信さんはすばやく視線を走らせると眉間にしわを寄せる。

「なんだ、この怪文章は」

「たしかに怪文章だね……」

言い得て妙だ、と力なく志信さんに応える。

「どういうつもりでこれを? どうしたいのかもさっぱりわからない」

「私も今までまったく理解できなかったけど、今回はとくにひどいな。たぶん、志信さんに会ったのがよっぽどだったんだと思う」

「俺に会ったからなんなんだ。いてもいなくても、そもそも君があの男と結婚することにはならないだろう」

「それが通じる人じゃないの。宗吾くんの中で私は自分のものって決まってる」

反抗しない私は、彼にとって都合のいいおもちゃだ。

こんなメッセージを送ってきた理由をつけるとしたら、そのおもちゃを取られそうになったから牽制しようとした、だろうか。

「なんて返そう……」

「返さなくていいだろう。こんなもの、相手するな」

「でも、返さないとうるさいの。しつこく連絡してくるし、電話だって」

「君の貴重な時間を、一秒でもこんな男のためにくれてやりたくない」

そう言った志信さんは怒っているというよりも、苛立っているように見えた。

「必要なら俺が対処する。……守るよ」

冷静さを取り戻そうとしているらしく、志信さんはゆっくりと息を吐いた。

「志信さんには関係ないことなのに？」

思わず言葉にしてから、言い方を激しく間違えたことに気づく。

その証拠に、志信さんが目を大きく見開いた。

「あ、えっと、違うの。だってそこまで気にする必要はないでしょ？　それに、最終的には私自身で解決しなくちゃ。いつまでも助けてもらうわけにはいかないんだから」

周囲に聞かれても問題ないよう、『この関係は契約でしかない』とは言わない。

だけど志信さんのはっとした顔を見る限り、意図は伝わっているようだ。

「ごめんなさい。変な言い方になって」

「いや、君の考えがよくわかった。責めているわけじゃなくて……その、なんだ。自分がわがままを言っているだけだと気づかされた。たしかに、俺には関係ない話だな」

「志信さん」

「それでも、君のためになにかしたいと思うんだ。この気持ちは迷惑か？」

「迷惑じゃない」

即答したのが意外だったのか、また志信さんが驚いたように目を見張る。

「本当に、迷惑じゃないと思ってる。すごくありがたいし、うれしい。だけど、私のほうこそ志信さんにとって迷惑じゃないの？　出会った時だけじゃなくて、またこんな問題を持ってきて」

「迷惑だと思っていたら、今日まで君を妻と呼んでいない。これ以上の迷惑だってかけていいんだ。だって、俺は――」

志信さんはその先を言わずに口をつぐむと、スマホを持ったままでいた私の手を大きな手で包み込んだ。

「もっと君に関わりたい。今日デートに誘ったのと、きっと同じ気持ちだ」

彼は私を知りたいと思ってくれた。

踏み込みたいと思うだけの距離をいつの間にか縮めていたのだとしたら、それは私自身の努力によるものじゃない。

志信さんがずっと私に寄り添って、大切にしてくれて——契約妻であることを忘れるほど、愛情を与えてくれたからだ。

彼にとって親愛でしかなくても、私にはとても特別な愛だった。

「じゃあ」

志信さんの手を握り返して顔を上げる。

「宗吾くんに返事はしない。心配してくれるあなたのために」

そして、志信さんの気持ちをうれしいと思った自分のために。

心の中で付け加え、彼の手をほどいてスマホをバッグにしまった。

「夫婦っていいね、志信さん。今までひとりで向き合うしかなかったのに、心が軽くなった。ありがとう」

「もう誰にも君を傷つけさせない。誓うよ」

「うん、頼りにしてるね」

私を元気づけるための慰めだとしても、その言葉だけで一生戦っていけると思った。

今日、契約関係が終わりになってしまってもいい。

本当に彼が私をずっと守ってくれるかもしれない、なんて過ぎた期待を抱いてしまうくらいなら。

◇◇◇

夜は俺が行き先を決める番だった。

事前に予約してくれていたレストランは、藍斗が経営する高級ホテルにあり、素晴らしい夜景を堪能できる場所だ。

まるでミニチュアの街を眺めているのかと錯覚する三十八階からの景色は、俺の望んだ通り、優陽の驚きと感動の表情を引き出してくれている。

急な連絡だったにもかかわらず、個室を用意してくれた藍斗には後で感謝の連絡を送っておこうと思った。

「今まで、こんなに素敵な場所を知らなかったなんて信じられない」

「気に入ってくれた？」

はにかんでうなずいた優陽は、先ほどからせっせとコース料理を口に運んでいる。

前菜のホワイトアスパラのムースを食べた瞬間から今に至るまで、ずっとにこにこしているのがかわいらしい。

すべての料理に対して興奮を隠しきれない感想を言っていたが、とくに気に入っていたのはおそらく甘鯛《あまだい》の松笠《まつかさ》焼きだろう。あれだけ熱量が違っていた。

内心、ほっとする。

この様子なら、昼のデートで起きた嫌なトラブルも頭の隅に追いやっているだろう。

「デザートは好きなものを選べるそうだ。どれだけ食べてもいいぞ」

「これ以上食べたら動けなくなりそう」

そうしたら抱きかかえて家まで運んであげたいと思った。

優陽が幸せそうに食べる姿を見ているだけで、俺まで幸せになる。この喜びをもっと味わわせてほしい。

俺について知ってもらうために用意した時間だったが、彼女を見ているだけで満足しそうになる。

「ここってやっぱり予約を取りづらい場所なの？」

ワイングラスを軽く傾けながら質問されて、疑問を覚える。

「毎月、予約の受付開始が始まると一瞬で埋まるらしい。クリスマスやバレンタインデーなんかのイベントがある日は、とくにすごいと言っていたな。また来たいなら、俺に言ってくれれば藍斗に言って融通をきかせてもらうが」

俺がいるのだから頼めばいつでも連れてくるのに、という気持ちを滲ませて言うと、優陽は少し考えた様子を見せた。

「いつか両親を連れてきたいなって」

「じゃあ――」

顔合わせの時にでも、と言おうとして口をつぐむ。

俺たちの結婚は一年で終わるのだから、顔合わせをする必要はないのに、なぜそんなことを言いそうになったのかわからなかった。

あの親戚の男のせいだろうか。

いつもより自分の心が優陽に囚われているのを感じる。

「その時は三人分の予約を頼んでおこう。君とご両親の」

「どうして私がひとりっ子って知って……ああ、そっか」

「一方的に調べたりしてすまない」

「必要なことだからある程度はしょうがないと思ってるよ。……でもどこまで調べたのかは少し気になるかも」

怒っているようには見えなかったが、複雑そうな表情だ。

今日までまともに説明してこなかったことを反省する。

「ご家族と君自身のプロフィールだね。どこに住んでいるか、どこで働いているか、誕生日はいつでどんな生活をしている様子なのか……。もうデータは破棄した」

「でも、覚えてるよね？」

探るような眼差しにぐっと罪悪感が込み上げる。

「そこは……見逃してくれ。資料を頭に叩き込んでしまうのは職業病なんだ」

「変なデータがなかったならいいけど」

「たとえば、どんな？」

好奇心から質問すると、優陽は目を丸く見開いてから眉間にしわを寄せた。

「聞き出そうとしてる」

「鋭いな」

そんなかわいらしい顔で睨まれても怖くない。

でもそれを指摘したら、口をきいてくれなくなりそうだ。

下手に虎の尾を踏んで嫌われるのはごめんだと、軽く両手を上げて降参を示す。

「少なくとも俺が覚えている範囲で、変だと感じるものはなかった。本当だ」

「ふーん」

じっとりと物言いたげな眼差しに頬が緩みかける。

以前の彼女だったら、俺に対してこんな反応をしなかっただろう。不安そうな顔をして、おずおずと尋ねてきたはずだ。

それが今は、遠慮なく接してくれるようになってくれてうれしい。

「むしろデータを確認して、なにか力になれたらいいのにと思った」

「そう？　……養子だから？」

「というと少し語弊があるな。ずっと真面目に一生懸命やってきたようだから、応援したくなったというのが近い」

優陽は実の両親を五歳の時に亡くしている。

不幸な事故の後、彼女を引き取ったのが親戚にあたる今の両親だ。

「言うほど真面目でも、一生懸命でもなかったよ。こうすべきだって思ったから、そういう選択をしてきただけで」

「特待生として進学校に通っていたのは偉いと思うぞ」

「返済不要の奨学金が必要だっただけ」

優陽の頬がほんの少し赤くなっている。アルコールのせいではないだろう。

「でも、そう言ってくれるとうれしい。初めて褒められたよ」

「初めて？　ご両親は？」

「心配された。あと、謝られた。気を使わせてごめんねって。そんなつもりじゃなかったのに」

家族仲は悪くないどころか良好に見えるが、やはりわだかまりのようなものはあったようだ。

だから例の親戚についても相談できずにいるのだろう。

いじらしい彼女の判断を思うと、なぜもっと早く手を差し伸べられなかったのかと悔しさが込み上げる。

「そんなつもりじゃなかった、か」

思わず彼女の言葉を繰り返していた。

「なに？」

「無意識なんだなと思ってな。君は俺との結婚で見返りがあると知った時、真っ先にご両親のことを考えていただろう？」

「転職先を紹介してほしいって言ったんだよ。両親の話はその後」

気まずそうな顔をしているのは、あの時の要求が俺と魅上の予想と違うズレたものだったと、今は理解しているからだろう。

「だが、仕事につきたかったのはご両親に仕送りをしたかったからだ」

「それはそうだけど……」

「よく俺をいい人だとか優しいとか言う君のほうが、よっぽどいい人で優しいな」

「買いかぶりすぎだよ」

本気でそう思っているようだが、納得できない。結婚生活がうまくいっているのは俺の力ではなく、彼女が歩み寄ってくれているからだ。

「君は素敵な人だ。最初に会った時も思った。今日も改めて感じたよ」

優陽は黙って下を向いてしまった。照れているようだ。

「私はそんな、たいした人間じゃ……」

「そういう人だから放っておけないと思うんだろうな」

これまでに二度、彼女は俺のために言葉を尽くしたことがあった。

一度目は過去に付き合った女性たちに言われたことを伝えた時。

二度目は昼間の水族館だ。両親に否定され、今も不仲が続いていると伝えた時、彼女の表情が曇ったのを覚えている。

医者でもそうでなくても俺は俺だと、好きなことをするのが一番だと、優陽はどんな気持ちで言ってくれたのだろう。

とっくに割りきっていたはずの俺の心にどれほどその言葉が染みたか、きっとわかっていないに違いない。

「前にも言っていたよね。私を放っておけないって。そんなに？」

「呼び止めないと、ひとりでどこまでも行ってしまいそうだから。無理をする前に言ってほしいし、俺がいることを頭に置いておいてほしい。支えたいんだよ。頼ってほしい、って言ったら伝わるか？」

関係ないと、もう言われたくはない。

「頼る……」

「──失礼いたします」

優陽がつぶやいたその時、豊富な種類のデザートをのせたワゴンが運ばれてくる。

「お好きなものをお選びください。こちらでお取りいたします」

「えっ、こんなにたくさん？」

おっとりと垂れた目が輝き、興奮をたたえてきらめく。

本当に、どこまでもかわいい人だなと思った。

「食べきれなかったら俺がもらおう。だから好きに選んでいい」

「食べ残しなんて渡せないよ。……どうしよう、パンナコッタもおいしそうだし、ガトーショコラも……」

甘いものにそれほど興味がない俺と違い、優陽は菓子やジュースを好む。酒もどうやら甘めのものが好きなようで、先ほどワインを選ぶ時も果実味の強いものから選んでいた。

「志信さん、ドラジェがあるよ。コーヒーと一緒にどう？」

「じゃあ、俺の分ももらおうか」

とくにお茶請けは必要ないが、優陽のデザートタイムに付き合うため、少量のドラジェとビターのカレチョコレートを小皿に分けてもらう。

その間にも優陽はひと切れずつケーキを選び、皿の上をいっぱいにしていた。

「見て。すごい」

店員がワゴンとともに立ち去ると、優陽は心底うれしそうに皿を見せてきた。

「好きなだけデザートを選べるなんて夢みたい」

「君といると、甘いものを食べなくても満たされるな」

「もし気になるものがあったら言ってね。あげるから」

「ありがとう。ひとまずは大丈夫」

優陽がうれしそうに笑っているだけで甘い気持ちになる、という意味だったが、彼女は素直に言葉通り受け取ったようだった。

それはそれでいいかと思いながら、先ほど提供されたコーヒーに手をつける。

「そうだ、さっきの話」

「ん？」

デザートに夢中になっていた優陽が背筋を伸ばし、改まった様子で俺を見つめた。

「頼ってほしいって言ってくれたの、今までは友だちだけだったの。だから志信さんにもそう言ってもらえてすごくうれしい」

さく、と優陽がメレンゲを食む音がした。

「……さっきはそんなつもりじゃなかったって言ったけど、自分だけのためかって言われたらやっぱり違う。私を引き取って育ててくれた大切な人たちだから、迷惑をかけないようにがんばらなきゃってずっと思い続けてた」

うなずくだけにとどめて、その先の言葉を促す。

「自分でできることは自分でできるようにしたし、奨学金をもらえるように努力もしたつもり。早く独り立ちして、私自身から両親を解放したかったのかも」

甘いデザートが強がっていた優陽の心を溶かしてくれたのだろうか。

彼女が隠そうとしていた弱く脆《もろ》い部分が、ようやく見えてくる。

「ひとりで生きていけるようにがんばってきたんだな」

「……う、ん」

流れるように話していた優陽の声が不自然に途切れた。

その声が一瞬震えたように聞こえたが、指摘はしない。

「誰かを頼っちゃだめだと思ってたから……円香と志信さんに頼っていいって言ってもらえて、本当に……本当に、うれしい」

優陽が顔を隠すようにうつむいてしまう。

今すぐ抱きしめたい衝動に駆られるも、ギリギリのところでこらえた。

「でも、なんでかな。友だちに言われるのと、志信さんに言われるのは違う気がする」

「そうなのか?」

どういう意味かという疑問を込めて返すと、優陽は顔を上げて微笑んだ。

「友だちは背中を押してくれるけど、志信さんは受け止めようとしてくれているみたいだなって」

「そのつもりで言ったよ。助けてほしい時は素直にそう言ってくれ」

もしかしたら、優陽は俺が思っているよりも危ない綱渡りをして生きていたのかもしれない。

心が折れて立ち止まりそうになるところを、家族と友人の存在で必死につなぎ留めて、前を向いてきたのではないだろうか。

たったひと言で泣きそうになっている姿を見て、そう思った。

「君は俺を助けてくれただろう。結婚なんてとんでもない要求も受け入れてくれた。だから、君の幸せのためならどんなことだってする」

「……うん、ありがとう」

俺が優陽について知っていたのは資料に記されたものだけで、その裏にある彼女の気持ちはなにもわかっていなかった。

こうして知った以上、今まで以上に彼女のために力を尽くしたいと思う。

「契約結婚の相手が志信さんでよかった」

瞳を潤ませて言った優陽の言葉に応えようとして、すっと背筋が冷えた。

契約結婚――。

彼女が俺に『関係ない』と言ったのは、それが一番の理由だとわかっている。

俺から始めた関係だというのに、こんなに胸に刺さる日がくるなんて思わなかった。

「一年終わるまでまだまだ長いけど、これからもよろしくお願いします」

深々と頭を下げられても、同じ言葉を返せない。

たった一年しか彼女の夫でいられない事実が、急に重くのしかかった。

「私も志信さんの幸せのためにがんばるから、なんでも言ってね」

「……ああ、そうさせてもらう」

ふと、俺の幸せとはなんだろうと思った。

うまく世間をごまかして、この契約結婚を完遂すること？

何事もなかったように優陽と離婚し、その後は友人として――俺の知らない男の隣で幸せを手に入れた彼女を見ること？

それなら幸せになってほしくないと、不意に嫌な考えが込み上げた。

俺以外の誰かに、その温かな笑みを向けてほしくない。

少なくとも、あの親戚は論外だ。

優陽を自分のもの扱いするだけでも耐えがたいのに、今後俺のいないところで接する機会があるかと思うと、胃の奥が重くなるような錯覚に陥る。

「志信さん？」

俺の名前を呼ぶ優陽は心配そうだった。

「ん?」

「なんだか顔色が悪いから。食べすぎちゃった? それとも変な話をしたせい……?」

「いや。自分を知ってもらうためのデートだったのに、それらしいことをなにもできなかったなと反省していただけだ」

「志信さんのこと、昨日よりはたくさん知れたよ。だから反省会はなしで」

くすくす笑う優陽は、俺が嘘をついたことに気づいていない。

重くて苦しいもの。それなのにどんなに傷ついても焦がれ、渇望してしまうもの。

自分の中に芽生えた感情がそうだと気づいて、息ができなくなった。

◇◇◇

デートの終わりは、レストランの上階にあるスイートルームで迎えた。

三十八階から四十階までの宿泊エリアに入るには、それより下の階層と違って専用のキーカードが必要だ。

そんな贅沢な場所に泊まるらしく、いつもと違う夜にわくわくしてしまう。

「レストランから見た景色もすごかったけど、ここもすごいね」

大きな窓から外を見て言うと、志信さんもそばにやって来た。

「そんなに喜ぶと知っていたら、もっと早く連れてきたんだが。君といるとそう思うことが多いな」

窓ガラスに映った志信さんと目が合い、なんとなく逸らす。

今日、彼といろんな話をしたせいだろうか。

いつもと違ってまっすぐ顔を見られない。

「本当はこれも、渡そうか悩んでいた」

「え？」

志信さんが手のひらサイズの箱を差し出してくる。

「この間のプレゼントは困らせてしまったが……。純粋に贈りたくて」

箱だけでもわかるほど、いかにも高級そうなプレゼントだ。

また身構えなかったかと言われると嘘になる。

だけど今日、私は志信さんについて少し理解を深められた。

簡単に触れてはいけない雰囲気のそれを慎重に受け取り、志信さんを見上げる。

「……開けていい？」

「もちろん」

おそるおそる開けてみると、そこに入っていたのはイヤリングだった。

ノンホールピアスで、シャンパンカラーの美しい石がひと粒きらめいている。

「やっぱり、受け取りづらいか？」

うかがうように尋ねられて首を横に振る。

「ううん。うれしい」

今日、彼とデートをしてよかったとしみじみ思った。

以前は意図がわからなかったプレゼントも、素直に受け入れられる。

「だから、失敗したなって反省してる」

「え？」

「あの時、変なことを言わなかったら、朝の時点で渡してくれただろうから」

志信さんが不思議そうに小首をかしげた。

箱の中からアクセサリーを取り出し、左右の耳につけてみる。

鏡の代わりにそばの窓ガラスに自分を映すと、夜景の美しい輝きが耳に灯ったかのようだった。

「そうしたら今日一日、これをつけてデートできたのに……」

その瞬間、勢いよく抱きしめられた。

「し、志信さん？」

ふわりと、さわやかで少し刺激的な香りが鼻孔をくすぐる。初めて彼と出会った時に感じたあの香りだと気づいた瞬間、一気に全身が熱くなった。

「優陽」

彼らしからぬ衝動的な行為に驚いて顔を上げると、温かなものが唇に触れた。

これまで唇には一度も感じたことのないやわらかさを受けて、理解するよりも先に鼓動が高鳴り始める。

「どうして……」

私にキスをした志信さんが至近距離でささやく。

「君が、かわいいから」

「君がかわいいからキスをしたくなるんだ」

混乱が落ち着く前にもう一度唇を塞がれた。

触れ合った場所に心地よい熱が広がって、勝手に体の力が抜ける。

とっさに志信さんの胸に手を添えると、手首を掴んで引っ張られた。そのまま彼の背中へ導かれ、ぎゅっと抱きしめる。

「……ふ、ぅ」

優しく唇を食まれて熱っぽい息がこぼれた。

薄く開いた隙間を狙って、すかさず舌を差し込まれる。

「んん、ん」

驚いて志信さんの背中に指を食いこませてしまった。

痛みを感じるとしたら彼のほうだろうに、私のほうがぎょっとして動けなくなる。

「い……い、き……できない……」

どうやって息をすればいいかわからず、キスの合間に訴える。

は、と湿り気を帯びた吐息が私の唇をなぞった。

「すまない、つい……」

「キス……したことないの。ごめんなさい……」

上手に私を掻き乱す彼に謝罪すると、その顔がくっとゆがんだ。

「……今言うなよ」

「……んん」

後頭部を押さえ込まれて、さらに深く口づけをされる。

息の仕方がわからない旨を訴えたからか、先ほどよりは呼吸のチャンスがあった。

でも、さっきまではあった優しさが薄れている。

「しの、ぶ……さん……」

ちゃんとキスができないから怒らせたのだろうかと不安になった。

荒い呼吸のせいで勝手に滲んだ涙が頬を伝ってこぼれていく。

それを見たのか、志信さんははっとしたように唇を離した。

「泣かせるつもりは……」

「ち……違うの、びっくりして……。上手にできなくてごめんなさい」

「別に怒っていないよ」

「だってさっき……今言うなって」

志信さんはふーっと大きく息を吐くと、私から腕を離して一歩後ずさった。

「適切な言い方が思いつかなくて申し訳ない。初めてのキスの相手だと思ったら……興奮した」

普段は余裕の表情を浮かべている志信さんが、顔を真っ赤にしていた。

「……している最中に言うのは、俺にとって刺激が強すぎる」

私の視線に気づいて恥ずかしくなったのか、大きな手で自分の口を覆ってしまう。

それでも赤くなった耳までは隠せない。

「頭を冷やさないと。怖がらせてすまない」

「こ、怖くはなかったです、よ」

頭がいっぱいいっぱいになって、敬語が出てきたうえに声が裏返る。

「嫌でもなかったから……ただ、本当にびっくりして」

なにを言うのが正解なのか、恋愛経験がほとんどない私にわかるはずもない。

なかったことにしたくはないけれど、今はいったん考える時間がほしい。

「ええと、とりあえず、お風呂に入るのはどう？」

「えっ、あ、いや……えっ？」

見るからに動揺した志信さんを見て、このタイミングで最も言うべきではなかったひと言だったと遅れて気づく。

「ち、違っ……！　寝る準備をしようって言いたかったの！」

「あ、ああ、うん、そうだな。そうだよな。大丈夫、わかっているから」

「先に入ってきていいよ。私は後でも」

「いや、俺が後に入る。ゆっくりしておいで」

「じゃあ……先、行ってくるね」

とにかく顔から火が出そうで、今すぐ彼の前から逃げ出したかった。

慌ただしくバスルームへ駆け込む最中、背後から押し殺したものをすべて吐き出すようなため息が聞こえた。

志信さんは私がシャワーを浴び終えて部屋にやって来ると、入れ替わりにバスルームへ向かった。

お互いに目を合わせられなかったのは間違いなく先ほどのキスのせいだ。

胸の奥がじんじん疼いて熱い。冷水を思いきり顔に浴びたのに、まだ火照っている。

これから、彼とどう接すればいいのだろう。

キスの前と後で、こんなにも気持ちが変わるなんて知らなかった。

いそいそと寝室へ逃げ込んで、ふたつあるベッドのうちの窓側のベッドに潜り込む。

志信さんが眠るベッドには背を向けて、シーツの上で丸くなった。

彼の自宅に用意された寝室で夜を過ごしたことは、一度もない。

私たちはいつも自室のベッドで眠り、互いの寝顔を知らない夫婦として過ごしてきたからだ。

今日もホテルに泊まると聞いて少し動揺したけれど、ツインベッドなら大丈夫。

……少し前まではそう思っていたのに。

同じ部屋で、彼の寝息を感じながら眠りにつくなんてできそうにない。

安眠の邪魔をしようと激しく高鳴っている鼓動を落ち着かせたくて、何度も深呼吸を繰り返す。

ますます志信さんを意識するばかりで、ざわつく心は乱れるばかりだった。

「優陽？　もう寝たか？」

不意にそんな声が聞こえて息をのむ。

もうシャワーを浴びたのかと驚いたけれど、私の頭が彼でいっぱいになりすぎて、時間の感覚がおかしくなっているのかもしれない。

「まだ……起きてる」

「……そうか」

返事はしたものの、振り返って志信さんの顔を見る勇気は出なかった。

彼の顔を改めて見たら、私に触れたあの唇からきっと目を離せなくなるだろう。

「今日はデートに付き合ってくれてありがとう。その、さっきは……いや、おやすみ」

「……おやすみなさい」

私も楽しかったとか、あなたのことを知れてよかったとか、改めて伝えられたはずなのに、そっけない挨拶だけで会話を終わらせてしまった。

背後から志信さんがベッドに入る衣擦れの音が聞こえる。

部屋の電気が消えると、一気に空気が重くなった。

胸が痛くて苦しくて、さっきのキスについて聞きたくてたまらなくなる。

志信さんについて少しは理解したつもりだったのに、またわからなくなるとは思わなかった。

悶々としながら何度も寝返りを打ち、目を閉じて眠ろうとする。

そうしているうちに無意識に唇を触ってしまい、枕に顔をうずめた。

どれほど時間が経っただろう。

どんなにがんばっても眠れないため、あきらめて体を起こし息を吐く。

部屋の暗闇にすっかり慣れた目が、隣のベッドで横になる志信さんを捉えた。

「志信さん……もう寝た？」

尋ねてみるも返事はない。

寝息らしい寝息は聞こえてこないけれど、どうやらもう眠っているようだ。いつもと違う夜を意識しているのは私だけだと思うと、悔しさにも似た思いが込み上げる。

思わずため息をついて、再び彼に背を向けた時だった。

「寝ていないほうがよかったのか？」

ぎしり、とベッドがきしむ音が聞こえたかと思うと、うしろから抱きしめられる。

「教えてくれ。……俺は我慢しなくてもいいのか？」

心臓が止まりそうになるのをこらえて振り返る。

「我慢してたの……？」

「キスでさえ初めてだといった相手にがっつきたくないからな」

さらりと髪をなでられ、ついばむように唇を重ねられた。

「嫌なら言ってくれ。じゃないと、やめてやれない」

熱っぽい声が示すように、彼のキスは徐々に深くなっていった。

口内を舌で探られて、志信さんの肩口をぎゅっと掴む。

キスを繰り返しているうちに、いつの間にか覆いかぶさられていた。

「優陽」

私だけでなく、志信さんの呼吸も乱れていた。

もう我慢しないつもりだと匂わせておきながら、まだ彼は私が逃げる余地を与えてくれる。こんな時まで紳士的でなくてもいいのに――と思ってしまったことで、自分の望みを理解した。

「嫌じゃ……ない、よ……」

勇気を振り絞って伝え、手で顔を覆う。

「志信さんだから……嫌じゃない」

「……君はいつも、俺の欲しい言葉をくれるな」

「あっ」

せっかく顔を隠していた腕を掴まれて、頭上に縫い留められる。

志信さんは私をまじまじと見つめると、心から満足した表情で微笑んだ。

「その顔、俺以外に見せるなよ」

再びキスの雨が降り注いで、子どものような声しかあげられなくなる。

彼の指と唇が触れるすべての場所がひどく熱かった。

怖いという気持ちと、このまますべて奪われたい気持ちで翻弄される。

志信さんが繰り返す「かわいい」という声が、私の鼓膜だけでなく肌にも刻まれていくようだった。


髪をなでる手の感触が私の心地よい眠りを終わらせる。

目を開けると、志信さんが頬をほころばせていた。

「おはよう、優陽」

「あ……お、おはよう……」

目を覚ましてすぐ志信さんの顔を見たのは初めてのことだ。

こんな至近距離で、しかも乱れた寝間着から胸もとが見えている。

「体は平気か？」

「う、うん」

「よかった」

短いひと言ながらも、私に与える影響は絶大だった。

昨夜、私は自分のすべてを志信さんに捧げ、彼はなにもかも奪ってくれた。優しくいたわられすぎて逆にもどかしくなった自分が、なにをねだったかは忘れたい。

「え、えと、志信さんは……体、平気？」

「俺？」

きょとんとしたかと思うと、志信さんはこらえきれずに噴き出した。

「心配してくれるのはありがたいが、いたわられるのは君のほうじゃないか？」

「そうなの？　でも……」

「またかわいいことを言うと、平気じゃなくなるかもしれないな」

シーツの中で動いた手が私の体を意味深になぞる。

彼が衝動のままどう私を求めたのか、思い出させるような手つきだ。

「昨日は素晴らしい夜だった。君を抱いて眠ると、こんなに幸せな気持ちで朝を迎えられるんだな」

「抱いっ……!?」

「そのままの意味だが？」

志信さんはベッドに肘をつくと、くすくす笑った。

「俺のこと、意識してるんだな」

「……うん」

「かわいい」

そのひと言だけで、あっという間に昨日与えられた熱を呼び起こされる。

志信さんは私を抱き寄せると、耳や頬や、思わず閉じたまぶたにキスをした。

「昨日の匂い……しなくなっちゃった」

距離がぐっと近づいた際、なにも香らなかったことに気づいてつぶやく。

「匂い？」

「柑橘系の、ちょっとスパイスみたいな匂い。香水？」

「ああ、あれ。特別な日にしかつけないいんだ。願かけみたいなものだな」

初めてあの香りを感じたのは、プレザントリゾートのオープニングセレモニーがあった日だ。

そう気づいて、胸がきゅんとした。そんな大事な日と同じくらい、私とのデートの日を特別な日だと思ってくれたのだと知ったから。

うれしくなって志信さんの胸に顔をうずめると、髪をなでられた。

私は志信さんが好きだ。愛している。

もうこの想いを抑えておくなんてできそうにない。

——だから、怖くなった。

好きな人と結ばれてうれしいけれど、志信さんが私をどう思っているのか、決定的な言葉はもらっていない。

「優陽」

「ん?」

「かわいい」

私を喜ばせる言葉には違いなくても、欲しいものはそれじゃない。

志信さんの気持ちが知りたくて、だけど聞く勇気を出せなくて、もどかしかった。

「特別な日……」

契約の終わり。そして始まり

あのデートの日を境に、私たちの距離はあきらかに縮まった。

毎日一緒に寝るようなことはないけれど、週に一度は寝室の広いベッドで眠る。

手をつなぐだけの日もあったし、肌を重ねる日もあった。

お互いを尊重した同棲生活は心地よく、過ぎていく日々が惜しくなるほどだった。

そんなある日、志信さんが用事でいない休日を過ごしていた私のもとに、知らない番号からの電話があった。

「もしも――」

『優陽？　俺だよ、宗吾』

通話時のノイズが混ざった声を聞いて息をのむ。

いつもなら知らない番号からの電話になど出ないのに、たまたま手もとにスマホがあったせいでとっさに応じてしまった。

「……なにか用？」

『お前、ずっと俺からの連絡を無視してるだろ。だから電話してやったんだよ』

「いろいろ忙しくてそれどころじゃなかったの、ごめんね。それで用って?」

『ばあさんのところに集まる話、聞いてるよな?』

「おばあちゃんのうちに? 初耳だよ」

嫌な予感が背筋を伝って下りていく。

『てっきり聞いてるのかと思ってた。ばあさん、この間転んで足折ったらしいぞ。それで心細くなったのか知らねえけど、お前の顔を見たがってたってさ』

「そっ、か」

断るつもりだったのに、先にそう言われては断りづらい。

「宗吾くんも……行くの?」

『ああ。来いって言われたしな。お前も来るだろ?』

せめて彼のいない時なら、喜んで祖母の顔を見に行ったというのに。

「後でお母さんたちにも聞いてみる。教えてくれてありがとう」

『俺も、お前に会えるのを楽しみにしてるよ』

「……じゃあね」

電話を切った後もしばらくその場から動けなかった。

まるで私を自分のもののように扱う彼には、なるべく会いたくない。

だけど祖母のことは気になるし、せっかく集まる日を決めているらしいのにあえて別日に顔を出すのは気まずかった。

含みのある態度だと思われてしまったら、両親にだって迷惑がかかる。

「……とりあえずお母さんに電話して、それから考えよう」

三連休の中日に祖母宅へお邪魔した。

結局、宗吾くんを避けて祖母に会いに行くうまい方法が見つからなかった。

自分も一緒に行くと言ってくれた志信さんの気持ちはありがたかったものの、下手に宗吾くんと会わせると余計に面倒が起きそうで遠慮してもらった。

志信さんは私に関わりたいと言うけれど、私は彼を巻き込みたくなかった。

頼れと言われた今でも、その考えは変わらない。

畑に囲まれた広い一軒家は、親戚で集まることを想定したとしか思えない広い和室がある。まるで旅館の宴会場のようだ。

そこに今日呼ばれた人々が集まっていた。

「おばあちゃん、久しぶり。ケガしたって聞いたけど、大丈夫？」

「ああ、ゆうちゃん。おかげさまで元気だよ。でも嫌ねえ、この年になるとどこもかしこも不調ばっかりで」

祖母は車椅子に乗って現れた。

最後に見たのは去年の正月。あの時より顔のしわが深くなっている。

今年でたしか八十五歳になるはずだから、年齢が顔に出るのも仕方がない。

「へえ、どうしたんだよ。それ」

そんな声が聞こえると、いきなり腕を引っ張られた。

乱暴な扱いに顔をしかめたのもつかの間、無遠慮に顔を覗き込まれる。

「前からそんな高そうなものつけてたっけ？」

「さ……触らないで」

せめて今日を耐える勇気が出るようにと、耳に志信さんからもらったイヤリングをつけていた。

伸びてきた手を思わず拒んでしまい、はっとする。

「ごめん」

「悪い悪い、驚かせたよな。俺とお前の仲なんだから、そんなびっくりするなよ」

肩を叩かれて引きつった笑みを返した。

こういう馴れ馴れしさと距離の近さ、そして悪びれないところが本当に苦手だ。

だけどここで変な空気にしては祖母に申し訳が立たない。

「あとは誰が来るって言ってたっけねえ。ゆうちゃん、そこにお座んなさい」

「ありがとう、おばあちゃん」

長方形のテーブルが並んでいる席のひとつに座ると、なぜか宗吾くんもやって来る。

「じゃあ俺もここで。いいよな？」

「……うん」

ほかにも空いた席はあるし、はたから見て彼と親しくしている親戚だっている。

それなのにわざわざ私の隣に陣取るところに、ざらついた不快感を覚えた。

「それにしても結構集まったな。全部で二十人くらい集まるのか、これ？」

「前の集まりから間が空いたからだと思うよ。せっかくの機会だし、お互いの顔を見たかったのもあるんじゃないかな」

ちなみに私の両親は少し遅れて来ることになっている。

待ち合わせをしていたのだけれど、合流する前に渋滞につかまったらしい。

「お母さんたちもそろそろ来ると思うんだけど——」

「お前も俺とゆっくり話したかっただろ？　この間は邪魔が入ったからな」

距離を詰められながら言われて口をつぐむ。

「寂しい思いさせてごめんな。かまってやるよ」

「……もう子どもじゃないから平気」

いっそはっきり嫌いだと言えば扱いも変わるのだろうが、そうなるとほかの親戚たちからなにを言われるかわからない。

宗吾くんはみんなにかわいがられているし、私はどちらかというと腫れもの扱いだ。

今日も二十人近く親戚がいるけれど、挨拶以外で積極的に会話しようとしてくる人は祖母と宗吾くんくらい。ほかはときどき視線を向けてくるだけで終わった。

実の両親があまり親戚付き合いをしていなかったのもあり、私との距離感がわからないのだと思う。私も私で、どう彼らになじんでいいかわからなかったから、こんな気まずい立ち位置に落ち着いてしまった。

彼らからすれば、宗吾くんは扱いに困る人間と積極的に関わろうとする〝いい人〟だろう。もし彼が私の体を触ったり、祖母の家に泊まる際、布団の中に勝手に入ってきたり、間違えたふりをして浴室に入ってきたりしなかったら、私もそう思えていたかもしれない。

「子どもっていうか、妹みたいなものだと思ってるから。……いや、妹よりはもう少しアレだな」

見ないようにしていた宗吾くんの視線が、私の顔から胸もとへ移る。

身を乗り出そうとする気配を感じて、さりげなく引いた。

「あー、もうみんな集まってる！　ごめんねえ、おばあちゃん！　遅くなっちゃった」

玄関のほうから聞こえた声にほっとして立ち上がる。

廊下を通って迎えに行くと、来たばかりなのに顔に疲労を浮かべた両親がいた。

「渋滞、平気だった？」

「優陽ちゃん！」

満面の笑みを浮かべた母にぎゅっとされて、ちょっと息が苦しい。

「もー、さんざんだったの。途中でおトイレに行きたくなっちゃって、サービスエリアに寄ったら、出口のところで事故が起きたり――」

「おしゃべりもいいけど、とりあえず中に入ったら。優陽ちゃんだって立ちっぱなしにしたらかわいそうだろう？」

苦笑した父が母の長話を止めて、和室へ向かうよう促す。

ひとり暮らしを始める前はよくこんなことがあったのを思い出し、懐かしい気持ちになった。

「そういえば優陽ちゃん、結婚生活はどう……？」

話題を切り替えた母が心配そうにこそこそ話しかけてくる。

事情のある結婚だと伝えたから声をひそめているのだろう。

「それなら——」

説明しようとした時、廊下の向こうから宗吾くんがやって来るのが見えた。

彼にはあまり聞かれたくないと思ったタイミングで、玄関のベルが鳴る。

「誰か出てくれるー?」

祖母が遠くから言うのが聞こえたから、代わりに玄関のドアを開けた。

そして、絶句する。

「どうして志信さんがここに?」

大きな紙袋を持った志信さんは、私を見て安心しているようだった。

「忘れ物を届けに来たんだ。連絡したんだが、気づかなかったか?」

それは私が今日の集まりのために用意しておいたお菓子だった。

宗吾くんの対応をどうするか考えすぎて、すっかり頭から抜け落ちていたらしい。

「わざわざありがとう」

「君が行く前に気づけばよかった。すまないな」

「ううん、私がうっかりしていたのが悪いから」

「久しぶりにご家族に会うんだから、楽しみにしすぎてうっかりするのも仕方がない」

お菓子を受け取ると、当然のように髪をなでられる。

彼に触れられるのは少しも嫌じゃないことを再確認していると、ふと視線を感じた。

「優陽ちゃん、もしかしてその人が……」

しまった。両親がいるのを完全に忘れていた。

「そ、そうなの。この人が私の……夫、です」

どうやら志信さんも私しか見ていなかったようで、すっと手を引いたのがわかった。

だけど彼は失態をそのままにするような人ではない。

「はじめまして、お義母さん、お義父さん。水無月志信と申します。ご挨拶が遅れてしまいましたが、お会いできて光栄です」

志信さんのまとう空気が、プレザントリゾートで出会った時と同じものに変わる。

それに気づいてから、いつも私といる時は素で接してくれていたのだと悟った。

今の彼は、気配りができる話上手の社長さんだ。

「水無月さん……どこかでお会いしたこと、ありましたっけ。いや、そんなはずないな。あなたみたいな人をそう簡単に忘れられるはず――」

「お父さん、お父さん。この間のテレビ番組じゃない？　あの大きいリゾートの！

特集してたやつ、一緒に……見、て……」

自分で言いながら、母が驚きに目を丸くする。

「えっ、じゃあプレザントリゾートの社長さんってことか?」

父の驚いた声に、母も「嘘ぉ」と手で口を覆う。

「テレビで見て、お父さんといつか行きたいねって言っていたの。まさか優陽ちゃんの旦那さんだなんて」

両親には結婚したばかりの頃、この結婚には事情があることを説明している。

だからか、父は複雑そうな顔をしているけれど、母は完全に忘れているようだ。

きらきらした目ではしゃぐ姿に少し恥ずかしさを覚えて、やんわりなだめる。

「お母さん、詳しくはまた今度に……」

「どうして教えてくれなかったの? お父さんとずっと心配してたんだから」

「いい人って言ったでしょ」

唇を尖《とが》らせている母の相手をしている間に、父が志信さんを見上げる。

父も背が高い人だと思っていたけれど、志信さんはそれ以上だ。

「娘から事情は聞いています」

「え?」

「妻が言うようにずっと心配していました。でも、大丈夫そうですね」

志信さんの物問いたげな視線を受けて、そういえば肝心なことを伝えていなかったかもしれないと反省する。

「ふたりには話してあるの。……私たちのこと」

「結婚した話は伝えたと聞いたが、まさかそこまで――」

「お前、本当に結婚してたのか？」

そこに宗吾くんの声が響いて、そういえば彼もいたのだったと苦い息を吐いた。

「そういや、指輪……」

耳飾りにはすぐ気づいたくせに、私の左手の薬指で光る指輪は見ていなかったようだ。都合よく話を聞かないのと同じく、視界に入っていなかったのだろう。

「以前、会ったな」

両親には敬語を使っていた志信さんが、少しだけ声を低くする。

「結婚って……どういうことだよ」

「そのままの意味だ。君にはいつも妻が世話になっていたらしいな」

そう言って志信さんが私の腰に手を回した。

「し、志信さん」

抱き寄せられて縮まった距離は、少し心臓に悪い。

これまで外では夫婦のふりを演じないまま過ごしてきたけれど、もしその機会があったら。こんなふうに接している姿を世間に見せつけていたんじゃないかと思った。

ぐっと言葉に詰まった宗吾くんが、敵意に満ちた視線を志信さんに送る。

それをものともせず、志信さんは私に微笑みかけた。

「せっかくのご家族の集まりを邪魔するのは申し訳ないな。もう行くよ」

「あ……うん。おみやげ、届けに来てくれて本当にありがとう」

「気にしないでくれ。帰りは迎えに来たほうがいいか？　それなら適当に時間をつぶして待っているが」

「申し訳ないから大丈夫。気を使わないで」

「遠慮しなくていい」

顔を寄せた志信さんが私の頬に唇を押しあてる。

まるで見せつけるようなキスは、私も含めたその場の全員を硬直させた。

「連絡、待っているからな」

そう言うと、志信さんは余裕たっぷりの笑みを浮かべて玄関を出ていった。

「どちら様だったの？」

車椅子に乗った祖母が不思議そうな顔でやって来て言う。

まだ人前でキスされた余韻が抜けない私の代わりに、母がふふっと笑った。

「優陽ちゃんの王子様が来たの。すごくかっこよかった」

「王子様？　あらまあ、ゆうちゃんにもそんな人がいたの？」

「う、うん、一応」

恥ずかしくなりながら応えると、父が隣でむすっとした顔になった。

「人前であんなことができるなんてずるいじゃないか。お父さんがやったら、絶対お母さんに逃げられるぞ」

「なーに、お父さん。水無月さんがかっこよすぎて拗《す》ねちゃったの？」

なぜか上機嫌な母が、ようやく靴を脱いで玄関に上がる。

父もそれに続き、私もみんなが集まる和室に向かおうとした。

「おい」

その前に、肩を強く掴まれて呼び止められる。

「……痛いよ、宗吾くん」

「お前、どうして結婚なんかしてるんだ？　俺が引き取ってやるって言っただろ」

少なくとも一年以上前の話だ。彼は去年、海外に行っていたのだから。

「ただの冗談だと思ってたよ」

そう言って、不満げに肩を掴む手をはずす。

「は？」

「でもこれで宗吾くんにも心配かけないで済むよね。ずっと『お前と結婚したがる男なんかいない』『このままだといき遅れになる』って言ってたもんね」

彼に言われた言葉をそのまま口にし、まっすぐ見すえる。

「おかげさまで、無事にもらってくれる人と出会えたよ」

「おい、優陽……っ」

まだ宗吾くんは言いたいことがあるようだけれど、私にはもうない。

「みんなが待ってるから行かなきゃ。おみやげも配らないとだし」

背を向けて、今度こそみんなのいる和室へ向かう。

ずっと塞いでいた気持ちは、志信さんのおかげですっかり晴れていた。

夫がいると言うくらいではきっと引かなかった宗吾くんに対して、志信さんの登場は大きな意味があっただろう。

ありがとう、志信さん。

さっきキスをされた頬に触れると、自然と口もとが緩んだ。

思っていたよりもずっと楽しかった里帰りから、二週間が経った。

志信さんとの関係は今までと変わらず良好なままだ。

かといってあの日のような触れ合いはない。

切ない気持ちもありつつ、これでいいと思っているのは本心だった。

あの優しい温かさから抜け出せなくなるくらいなら、なにも与えられないまま終わってほしい。

そんなふうに思いながら、今日も彼を喜ばせるために夕飯を作っていたのだけれど。

ひと通りの作業を終えてリビングへ向かうと、スマホにメッセージが届いていた。

「……もしかして、また？」

覚えのない宛先から届いたショートメッセージは十件以上。

ほぼ確信を抱きながら、メッセージを開く。

【お前たちの関係は知っている】

【これ以上、嘘を隠し通せると思うな】

【お前は水無月志信にふさわしくない】

【早く離婚しろ】

そこまで確認してから、残りは確認せずにゴミ箱へ送った。

こんな嫌がらせが届くようになったのは、ここ最近の話だ。

最初はもしかしたら宗吾くんなんじゃないかと思ったけれど、彼はあれ以来不気味なほど沈黙している。

もっとも、普段から気まぐれで連絡をしてくるような人だったから、また思い立った時に面倒なことを言ってくるのだろうとは思っていた。

この嫌がらせについて、いつ志信さんに話すかまだ悩んでいる。

個人的な嫌がらせ程度なら彼の手を煩わせるのは申し訳ない。

これが結婚理由となったゴシップネタを扱う記者の仕業なら、いくらネタが欲しいからといってもリスキーすぎる。となると個人の犯行だと思った。

きっと先日のデートで、志信さんに対して好意的な感情を抱く人物に見られたのではないだろうか。その感情が恋愛かどうかはともかく、そうでなければ私にこんなメッセージを送る理由がない。

どうやって私の連絡先を知ったかを考えるとうすら寒いものが込み上がるけれど、知らないうちに調査されていた経験には覚えがある。

「いったい誰が……」

思わずつぶやいた時、また新しいメッセージが届く。

【夫がどうなってもいいのか？】

無機質でありながら、ひどく悪意が滲んだ嫌なひと言は、私の頭をすっと冷やした。

これは、脅しだ。

私が志信さんと離婚せずにいたら、彼にどんな危険が及ぶかわからない。

今はまだ私への嫌がらせメッセージだけで済んでいるかもしれないけれど、これがもっとエスカレートしたら。

あからさまに脅してきた以上、もう志信さんに黙っておくわけにはいかなかった。

彼が帰ってきたらすぐに伝えよう。

相談できそうだと少し息がしやすくなるのを感じるも、じっとりと背を這う嫌な予感はなかなか消えてくれなかった。


その夜、私は残業で遅くなった志信さんにすぐ例の件を伝えようとした。

だけどその前に仕事の電話が入ったようで、彼は自室にこもってしまう。

もどかしい気持ちで待つのも耐えがたく、リビングにいればいいものを、廊下まで出てきて彼の部屋の前で待った。

彼に報告しようと決めた時よりも、今のほうがそわそわして落ち着かない。

早く言わなければ、取り返しのつかないことが起きるような気がして。

「――また、離婚の話か」

志信さんの部屋から、そんな声が聞こえた。

廊下に立ち尽くしたまま、開く気配のないドアを見つめる。

鼓動の音がうるさい。でも今は、その音よりも彼の言葉に意識を向けすぎている。

「たしかにお前の言う通りだ。どうせ、一年限りの契約だからな」

特段、大きな声で話しているわけではなかった。

私がリビングで待っていれば、絶対に聞こえない音量だ。

「わかっている。話せば期間を縮めることもできるだろう。……ああ。必要なら追加の報酬を渡してもいいだろうし」

気づけば私は、足音を立てないようにその場から逃げ出していた。

リビングに戻り、ソファに座って深呼吸する。

自分がいつの間にか息を止めていたと、その時になって気がついた。

離婚。一年限りの契約。――報酬を追加して、期間を縮める。

聞き間違いではない。勘違いでもない。

たった今、私は志信さんの声で私に関係する話を聞いたのだ。

相手が誰かは知らないけれど、内容からしてきっと魅上さんだろう。彼は私と志信さんの結婚の理由を知っている数少ない人物のひとりだから。

「……っは」

息の仕方がわからなくなって、変な呼吸が漏れる。

自分の気持ちごと押さえ込もうと両手で口を押さえ、肩で息をした。

盗み聞きをしてしまったこと、志信さんに知られてはいけない――。

きっとあれは聞いてはならなかったと、直感が訴えている。

頭が冷静になってくると、今度は嫌な考えが浮かぶようになった。

もしかしたら志信さんは、とっくに嫌がらせの件を知っていたのではないだろうか。

だってずっと円満にやってきたのに、契約期間を縮めて――それも報酬を追加してまでこの契約を終わらせようとするなんて、あまりにも急すぎる。

私に教えてくれなかったのだとしたら、その理由は？

そんなの簡単だ。

私たちは契約関係で、終わりのある夫婦。どんなに彼が優しくしてくれても、私の味方でいてくれても、勘違いなどしていいものではなかった。

この関係が一秒でも長く続けばいいと思っていたのは私だけで、彼は徹頭徹尾、契約夫婦だと思っていたのだろう。

志信さんから提示してきたのだからあたり前だと思うと同時に、どうしようもなく悲しくなる。

どうして私は、この契約が永遠に続くかもしれないなんて夢を抱いてしまったのか。

きっと夢に違いないと思った彼とのひと時が、思いがけず今日まで続いたせいで、夢はいつか覚めるものなのだとすっかり忘れていた。

「悪い、優陽。電話が長引きそうだ。俺のことは気にせず、先に眠っていてくれてかまわないから。夕飯も自分で温めて食べておくよ」

廊下の向こうからそんな声が聞こえ、彼に伝わるはずもないのにうなずく。

そうしてから改まって、「わかった」と声を発した。

たったひと言告げるだけで、胸がぎゅっと痛んだのがつらい。

もし、だ。

もし、私の推測があたっていたら、すでに彼も嫌がらせによる被害を受けている。

契約期間の満了を待たずに終わらせなければと考えるほどなら、私以上のことが起きているのかもしれない。

だとしたら、私が彼にできるのはひとつだけだ。

取り返しのつかないトラブルが起きる前に、この結婚を終わらせる。

いつか遠い日のことだと勝手に思っていただけに、突如訪れた終わりの予感は、私の心を簡単に軋ませた。

◇◇◇

優陽との関係が変わってからというもの、俺の人生は鮮やかに色づいていた。

思いがけず顔を合わせることになった彼女の両親とは、今度改めて時間をつくって会うつもりでいる。

そのためには、着手予定の案件を早く片づけて時間を用意しなければ——と思っていたのに、最近、無視できない面倒が続いている。

「また、だそうです」

魅上がデスクに広げた手紙は、ドラマで犯罪者が予告する時のそれに似ていた。

切り抜いた新聞の文字を貼り合わせて文章を作るあれだ。

「なんともまあ……お粗末だな。今どき、こんな手紙で嫌がらせをする人間がいるなんて思わなかった」

「そうですね。ですが、以前より確実に手紙の数が増えています」

相手は妙に悪知恵が働くようで、各地の住所からあの手この手で手紙を送ってきていた。おそらく人を使って、全国から郵送されるようにしているのだろう。おかげで主犯となる人物がどこにいるのか特定できずにいる。

警察には話をしているが、もっと大きな実害がない限りは積極的に動く気がないようだった。たしかに現時点ではいたずらとしか言えず、こちら側からも行動しづらい。

「このまま放っておけば、ますますエスカレートするのではないかと。うちのライバル会社がこんなばかな真似をするとは思えませんし、個人的な怨恨の線が見られます」

淡々と言いながら、魅上は新しく届いた一通の手紙を広げて見せた。

「それに今日届いた手紙の内容を考えると、早急に対応する必要があると思われます」

「これは……」

魅上によって一度中身を確認された手紙には、優陽の写真があった。

隠し撮りなのだろう。画質は荒く、優陽の視線も明後日を向いている。

「最近のものだ」

「え？　そうなのですか？」

「このイヤリングを贈ったのはついこの間だからな」

写真の優陽は記憶に新しいイヤリングをつけていた。

「最近の写真でしたら、なおさら対応を急ぐ必要が」

「わかっている。怨恨、と言ったな。この写真を見るまでは俺宛てかと思ったが、もしかして違うのか？」

これまでに届いた手紙の文面は、パターンこそ違えど内容は同じだった。

「どれも『離婚しろ』というものだっただろう。俺への脅しではなかったのかもしれない」

離婚しなければ、〝どこ〟に害を加えるつもりなのか。

もしも俺に対してならば、優陽の写真を送ってくる理由はないように思える。

「奥様の写真を持っているのなら、これを使った合成写真も作れるでしょう。もしもそれがSNSに流されたり、おもしろおかしく騒ぎ立てたい雑誌の編集部にでも流されたりしたら――」

「どんな手段を使ってもいい。犯人を特定しろ」

自然と魅上に告げた声がきつくなった。

魅上は証拠品となる手紙を丁寧にファイルにまとめてから、硬い表情で言う。

「その労力をかけるくらいならば、離婚なさってはいかがですか？」

「……またそれか」

「もともと、会社を守るための結婚だったでしょう。その結婚によって新しい問題が発生したのなら、離婚するほうがコストをかけずに済みます」

いたずら行為が発覚してから、魅上は何度も離婚を提案してきた。

報酬を渡して、当初の契約期間を待たずに終わらせろと。

だが、そう簡単にのむつもりはなかった。

思わず椅子を立って、デスクの向かい側にいる魅上を睨みつける。

「こんな卑怯な真似をする人間の思い通りになれと？　だいたい、何度彼女を振り回せば気が済むんだ。今度は都合が悪くなったから離婚しろ？　人の人生をなんだと思っている……！」

報酬をくれてやるから言われた通りにしろなどと、どんな顔をして彼女に言えというのか。そもそも俺が巻き込んだというのに。

「私の仕事は会社のため、そして社長のために最善を尽くすことです」

声を荒らげた俺に一歩もひるまず、魅上はきっぱりと言いきった。

「奥様の存在が社長の邪魔になるのなら、切り捨てる提案もします。離婚すれば解決するなら、それが一番楽な方法ではありませんか？　愛し合ってした結婚だったら私もこうは言いません。ですが、社長がしたのは契約結婚です」

優陽本人の口からも聞いた『契約結婚』の単語に、すっと頭が冷える。

魅上にあたるのは間違っている。相手が優陽でなければ、俺も離婚したほうが合理的だと判断したかもしれない。

「……一年続けると言ったんだ」

「それはなにもなかった場合の話でしょう。ですが、問題が生まれたんです。結婚していることによる問題が」

「しかし」

「なぜそんなに拒むんですか？　契約結婚だと一番よくご存じなのは社長でしょう？」

自分だって無茶を言っているのはわかっているが、魅上の提案をのめば優陽を失うことになる。

説得するだけの理由を探そうと、一瞬口を閉ざしたのが悪かった。

はっとなにかに気づいた魅上の目が、見る見るうちに見開かれる。

「まさか――」

「考える時間をくれ」

もしも今、彼女を好きになってしまったのかと聞かれたら。

その場しのぎのための嘘だとしても、彼女への想いを自分で否定したくなかった。

「お前の考えはわかった。いつも会社のためにありがとう。本当に感謝している。だが、その提案だけはのめない。……後の対応は俺に任せてくれ」

「……承知しました」

魅上は深く頭を下げると、部屋を出ようと背を向ける。

そしてドアの前で立ち止まり、俺を振り返った。

「どうか、会社にとって最も正しいご判断を。失礼いたします」

部屋を出ていった魅上の足音が遠ざかっていく。

俺の中に優陽と離婚する選択はなかった。

個人的な感情によって、会社に多大な影響を与えかねないとしてもだ。彼女との離婚を選ばないために、どんな手を使ってでも問題を解決させなくてはならない。

椅子に腰を下ろし、額に手をあてて天を仰いだ。

犯人の目的は果たして俺なのか優陽なのか。

俺が離婚しても、犯人が受けるメリットはないように思う。

それとも今はうまく頭が回らないせいで思いつかないだけなのだろうか。

もし、このまま離婚を拒み続けたら優陽はどうなるのかが気になった。

少なくとも犯人は俺の妻が優陽であることを知っていて、隠し撮りを可能とする距離を行動範囲にしている。

害を加えようとすればできる距離だと思うと、全身の血の気が引いた。

優陽を守るためには、俺との関わりがなくなればいい?

魅上の言う通り、ここでの離婚はメリットが大きい。

優陽は俺の事情に巻き込まれて危険な目に遭わずに済むし、俺はばかばかしいいたずらにこれ以上悩まされずに済む。

それでも、その選択だけは選べない。選びたくない。

頭を抱え、うつむいて息を吐き出す。

「……好きだと、気づいたのに」

優陽に対する想いが楽しく幸せなものばかりではないと知ってから、俺は彼女を今までと同じ目で見られなくなってしまった。

二度目のプレゼントの反応は、一度目とも俺の予想とも違っていた。

『そうしたら今日一日、これをつけてデートできたのに……』

あの瞬間込み上げた想いを言葉にするのは難しい。

ただどうしようもなく愛おしくて、胸が張り裂けるかと思った。

この関係をいつまでも続けていきたいと伝えるタイミングを慎重に考えていた時に、どうしてこんな問題が発生するのか。

ここに犯人がいなくてよかった。もし手の届く範囲にいたら、俺はなにをしていたかわからない。

冷静になろうと、深く息を吸って吐く。

「……よし」

デスクの端に置いたスマホを手に取り、優陽にメッセージを送った。

【今夜、大事な話がある】

◇◇◇

大事な話があると言われ、おとなしく家で待っていた。

忙しいのにきっと急いで帰ってきてくれたのだろう。帰宅した志信さんの髪は少し乱れていた。

「おかえりなさい」

「ただいま」

そんな他愛ないやり取りが急にかけがえのないもののように思えて、彼の言う〝大事な話〟について察している自分が嫌になった。いっそなにも気づかないままだったら、こんなに息苦しさを覚えずに済んだのだろうか。

その後はいつも通り夕飯を食べ、お風呂を済ませ、もうなにもしなくていい状態まで身支度を整える。

そして私たちは、リビングのテーブルを挟んで向かい合った。

「大事な話って？」

気が急いてしまって尋ねてしまうと、志信さんは苦笑した。

「君との今後の関係について、だ」

ああやっぱり、と心の中でつぶやく。

「そう、なんだ」

私もその話をするつもりだったのだと言えばいいのに、黙っていればこの関係をもう少しだけ続けられるんじゃないかという卑怯な考えのせいで、のみ込んでしまう。

「実は、少し前からうちの会社に嫌がらせ行為があってな。これまでは警察も大きく動けない程度だったんだが」

ごくりと息をのむ。

「今日、君の写真が送られてきた」

「えっ……」

「許可を得て撮影されたものでないのは間違いない。しかも、最近の写真だった。俺が贈ったイヤリングを身につけていたから」

彼がプレゼントしてくれたイヤリングは大切にしまってある。うれしくて何度か身につけて出かけたけれど、そのどこかの瞬間で写真を撮られたということだろうか。

「犯人は何度も手紙で俺に離婚しろと言ってきた。もしこのまま離婚せずにいたら、君の身に危険が及ぶかもしれない」

諭すような言い方は、きっと私を必要以上に怖がらせないためだ。

その優しさが、今はつらい。

「立場上、俺はどうしても恨みを買いやすい。そうしないように努力はしてきたつもりだが、どんなに親切に接しても、悪意があると受け取る人はいるだろう」

そう言って志信さんは深々と頭を下げた。

「俺は君を巻き込んでばかりだ。本当に申し訳ない」

「顔を上げて。責めたりしないから」

再び顔を上げた志信さんが小さく息を吐く。

緊張したその顔を見て、決定的な言葉を彼に言われるくらいならと口を開いた。

「離婚、しよう」

言葉が喉の奥でつかえて、不自然に途切れる。

志信さんは唇を固く引き結び、微かに眉根を寄せた。

「犯人の考えはわからないけど、私を理由にして、志信さんを思い通りにしようとしているんだよね。脅迫で済んでいる今のうちに別れたほうがダメージが少ないと思う。志信さんも、会社も、そのほかのことも」

なにが彼にとって一番いいのか考えたら、答えはひとつしか思いつかない。

「迷惑はかけたくないの。だから契約を早めに終わらせよう」

「君は、それでいいのか」

「いい」

即答した自分に驚いた。

離婚したくない、もっと一緒にいたいという気持ちをおなかの奥に押し込める。

「あなたを困らせないための結婚だった。だから、いいの」

今度は志信さんを困らせないために離婚する。それだけの話だ。

頭ではわかっていても、胸が苦しくて切ない。

重たい気持ちに押しつぶされそうで、呼吸するたびに心が痛んだ。

私は志信さんが好きだ。

だから彼を守りたい。そのために私がいないほうがいいなら、いくらでもこの気持ちを我慢する。

「新しい家を見つけるまでは時間が欲しいけど、離婚届なら明日にでも取りに行けるから――」

「やめてくれ」

結婚指輪をはずそうとしたら、テーブルの向こうから伸びた手に止められる。

手首を掴んできた手の力は強くて、びくともしない。

「だめだ」

「でも……」

「だめだと言ったんだ。俺はまだ……いや、このままずっと、君と夫婦でいたい」

指輪を引き抜こうとしたまま止まっていた手から、ふっと力が抜ける。

「今、なんて？」

「愛している。君が、俺に人を好きになる気持ちを教えてくれたんだ」

不思議と、『信じられない』『嘘に決まっている』と思う気持ちはなかった。

ただ、よかったと思った。

彼が私にキスをし、触れたいと思った気持ちは、単なる欲望ではなかったとわかったから。

その気持ちを知れただけで充分だと思えるほど、安心した。

だからだろうか、心のどこかが緩んだのを感じたのと同時に、ほろりと涙がこぼれ出たのは。

「人を好きになるのはこんなに苦しいんだな」

その苦しみから解放された私の涙を、志信さんの指が優しく拭う。

「君を好きだと知ってから、別れる日のことを考えてずっとつらかった。俺が言いだしたことだから、この気持ちの伝え方に悩んでしまった。でも今、言わなければきっと君を失う。それだけはどうしても嫌なんだ」

「私がいたらどんな迷惑がかかるかわからないのに」

「君は？　俺をどう思っているのか、教えてくれ」

いつも私の話を聞いてくれた人が、さっきから言葉を遮ってくる。

心の準備をできずにいる私を、彼の眼差しが急かした。

「……好きだよ」

彼が私を求めた理由が愛なら、私が彼を受け入れた理由も愛だ。

ベッドで熱を分け合っている間、愛される喜びを感じるのと同時に、彼を独り占めする喜びに震えていた。

「それなのに、離婚しようと言ってくれたんだな」

「だってほかに思いつかなかったから……」

我慢しようと思った気持ちを伝えられたにもかかわらず、声が震える。

「私が志信さんにできることなんて、ほかにない……」

志信さんの手が、私の手を優しく握り直した。

「そばにいてくれるだけでいいんだ。それ以上望んでいない」

「だけど、それじゃ……」

「そばにいなきゃいけないんだ。俺が幸せになるために」

指が絡み、指輪をきちんとはめられる。

「君を振り回すのはこれで最後にする。どうか、なにがあっても俺のそばを離れないと誓ってくれ」

「……うん」

必死の思いで答えると、再び込み上げた涙がこぼれ落ちた。

「一緒にいたい……」

「俺もだ」

隣に来た志信さんが私を抱き寄せ、背中をなでてくれる。

永遠に手放したくないそのぬくもりに甘え、広い胸に顔をうずめた。

「離婚はしない。俺に、君を守らせてくれ」

しゃくり上げながら深くうなずき、落ちてきたキスに応える。

きっと離婚を選んだほうが楽なはずなのに、それでも私を選んでくれた志信さんと幸せになりたいと思った。

泣くだけ泣いてすっきりしたのはいいものの、さっきからずっと目の周りが熱い。

「目が腫れていてもかわいいな」

想いが通じ合ってうれしいのか、志信さんは笑み崩れっぱなしだった。

つられて私の頬も緩んでしまうけれど、肝心の問題はなにも解決していない。

「水で冷やしてくる」

「気にしないのに」

急いで洗面所に向かい、顔を洗ってからやりすぎなくらいまぶたに水をあてる。

そうして帰ってくると、志信さんが私にスマホを差し出してきた。

「通知がきてたよ」

「もう遅いのに誰だろう」

また嫌がらせだろうかと思ったのもつかの間、志信さんが茶化すように言う。

「夫婦の時間を邪魔するなと返信しておくといい」

茶目っ気のある言い方と笑顔に気が抜けて、私も笑ってしまった。

横になった志信さんのそばに座り、通知されたメッセージを確認する。

「……え」

「どうかした？」

衝撃的な文面を目にして、志信さんへの返事が頭から抜け落ちた。

【お前は夫に騙されてる】

また知らないアドレスからのメッセージかと思ったのに、差出人は宗吾くんだった。

嫌な予感を覚えながらすぐに返答する。

【どういう意味？】

【お前の知らないことがあるんだよ】

短いながらも悪意を感じるその雰囲気には覚えがあった。

あのショートメッセージだ。

やっぱりそうだったのかという思いは、意外なほどすんなり受け入れられる。

むしろ、なぜ一度彼から疑いを逸らしたのかと自分を叱りたくなった。

さんざん嫌な経験をしてなお、まさかそんなことまでするはずがないと思っていたのだとしたら、なぜ自分がこれまで好き勝手してもいい女だと認識されていたのか、納得できてしまう気がする。

【志信さんに迷惑をかけるのはやめて】

【なんの話をしてるんだ？】

【全部知ってるんだよ】

【だから、なんの話かわからないって】

彼は私と志信さんの仲をどの程度のものだと思っているのだろう。

やけに速い返信は、彼の焦りを表しているような気がしてならない。

【そっちがそのつもりならもういいです】

【本当にいいのか？　俺と話したいことがあるのかと思ったのに】

【なにが言いたいの？】

【会って話してやるって言ってるんだ。だからひとりで来い。誰にも言うなよ】

反射的に否定を伝えようとした手を止める。

代わりになにを送ろうか悩んでいると、次のメッセージが送られてきた。

【俺の言う通りにすれば、誰もお前のせいで不幸にならない】

「優陽？」

志信さんが心配した様子で私の名前を呼んだ。

「大丈夫か？　顔色が悪いぞ」

目の前にいる志信さんと、かつて私に優しい言葉をかけてくれた志信さんの姿が重なる。

『無理をする前に言ってほしいし、俺がいることを頭に置いておいてほしい。支えたいんだよ。頼ってほしい、って言ったら伝わるか？』

私が我慢すれば、大切な人を不幸にさせずに済む。

その意味を噛みしめた瞬間、心が決まった。

「私、志信さんのためならなんでもできるよ」

「どうした、急に」

手早く宗吾くんに返信し、スマホを脇に追いやって志信さんを抱きしめる。

「優陽、なに――」

戸惑う志信さんにかまわずキスを贈った。

この人を守るために、覚悟を決めよう。

自分がどうなったとしても、彼と、彼の大切なものは守ってみせる。

もしも逆の立場だったら、きっと志信さんも同じことをするだろうから。


例の連絡から数日が経ち、金曜の夜を迎えた。

宗吾くんが指定した時間は遅く、待ち合わせ場所の公園には人の姿が見あたらない。

スマホで時計を確認すると、そろそろ約束の二十一時になろうとしていた。

「よしよし、ちゃんと来たな」

「……宗吾くん」

名前を呼ぶのも不快な相手を見すえ、持っていたスマホをバッグの中にしまう。

「あなただよね。志信さんの会社にいたずらを仕掛けているのは。私への嫌がらせもそうでしょ？」

「あいつ、会社であったことまで話してるんだな」

「答えて」

「そうだったらなんなんだよ。証拠はあるのか？　ねえよな」

「今の発言が証拠だと思うけど、違うの？」

「ははは っ」

あきらかに私を見下した笑い声が、背筋を這う不快感を煽った。

歩み寄った宗吾くんが私の前に立つ。

「なあ、優陽。お前、いつからそんな面倒な女になったんだよ？　前は違っただろ？　いつも周りをびくびくうかがってたじゃねえか。いつもおとなしいいい子だから、目ぇかけてやってたのに。わけのわからねえ男になびきやがって」

言いたいことは山ほどあったけれど、もうこの男のために無駄な声を発したくなかった。

きつく睨みつけると、それが気に入らなかった様子で舌打ちされる。

「親に死なれてかわいそうなお前に優しくしてやったのは誰だよ。ちょっと会わねえうちに、どうやってあんな金持ちと知り合った？　ん？」

「あなたには関係ない」

「ほんと、かわいくねえなあ。いいのか、そんな態度で。大事な旦那がどうなっても知らねえぞ」

「志信さんになにをするつもりなの？」

「なにをしてほしい？　ウェヌスクラースの名前にダメージを与える方法ならいくらでもある。伝手を使ってマスコミに情報売ってもいいし、ＳＮＳで適当なネタ流して炎上するように仕向けてもいい」

どんな伝手があるのかは知らない。はったりの可能性もあったから、話半分に聞いておく。

「せっかくお前の写真を撮ったんだし、いい具合に使ってやろうか？」

夜の公園に声が響き、頼りない電灯に止まっていたカラスが驚いて飛んでいく。

ざあっと風が吹いて木の葉を鳴らすと、不気味な静寂が辺りを包み込んだ。

「やめてほしいなら、それなりの誠意を見せろよ。ホテルならいい場所を取ってやる」

「……そんな人だと思わなかった」

「お偉い社長さんを夢中にさせるんだから、よっぽど具合がいいんだろ？」

これまでに何度も注がれた下卑た眼差しが、服の上から私の肌をなめ回す。

おぞましさを覚えて自分の体を抱きしめ、伸びてきた宗吾くんの手から逃れようとした。

だけど、その手が私に届くことはなかった。

「うわっ⁉」

宗吾くんの腕がねじり上げられる。

「い、いてえだろうが！　離せよ！」

背後から宗吾くんの腕を掴み、厳しい目で睨みつけているのは志信さんだった。

「ずいぶんと好き勝手言ってくれたな。俺の、妻に」

「どうしてあんたがここに……！」

「優陽が頼ってくれたからに決まっているだろう」

その言葉を言い終える前に、志信さんは宗吾くんの足を払って地面に押さえつけた。

「うぎゃっ！」

あまりにも鮮やかな動きの直後、情けない悲鳴が土の上に落ちる。

「て、てめえ！　こんな真似してどうなるかわかってんのか？　暴力沙汰を起こしたって訴えてやるからな！」

「ふうん」

志信さんは宗吾くんが身動きを取れないよう、その背中に膝をついて体重をかけた。

勝った気でいるらしい宗吾くんの耳に顔を寄せたかと思うと、彼を味方だと知っている私ですらぞっとするような冷たい笑みを浮かべる。

「やるからには覚悟するといい。先に俺がお前を消してやる」

「い、痛——」

「二度と優陽に近づかないと言え」

「わかっ、わかった！　もう二度と近づかねえよ！」

悲鳴に似た叫び声を聞くと、志信さんは思っていたよりもあっさりと宗吾くんを解放した。

宗吾くんがよろよろと起き上がり、降参するように両手を上げる。

「な……なにもしないから、見逃してくれよ……」

これが長年、私に嫌な思いをさせてきた相手なのかと思うと乾いた笑いが出た。

今まで彼を増長させたのは私自身だったのかもしれないと反省する。

「その言葉を信じてやる。録音もさせてもらったしな」

「へっ⁉　ろ、録音⁉」

「俺たちがなんの用意もしなかったと思うのか？」

連絡を受けて志信さんにすべてを話した後、私たちは作戦会議をした。

メッセージの内容からして、宗吾くんが嫌がらせに関係しているのは間違いない。

だったらその明確な証拠を本人に出してもらえばいいと、彼の稚拙な誘いに乗ったふりをしたのだ。

私の役目は宗吾くんから証言を引き出すことだったのだけれど、こちらから誘導する必要もないほどあっさり自白をしてくれた。

そして事前に待機していた志信さんが証言を録音したというわけだ。

「この録音は大切に取っておこう。いつでも使えるように」

「くっ……」

証拠の存在を知らせる前の宗吾くんの反応は、どうひいき目に見ても反省している人間のものではなかった。

ほとぼりが冷めたら、復讐でもしようと目論んでいたのだろう。

「そういうわけだから、さっき自分が言ったことを忘れるな。また優陽に近づいたら、今度は遠慮しない」

「わ……わかったよ」

服に土をつけたまま、宗吾くんが急ぎ足で逃げていく。

その姿が見えなくなったところで、ふっと志信さんが笑った。

「優陽」

なに、と聞く前に抱きしめられる。

「帰ろうか。今日はもう疲れただろう?」

広い胸に顔をうずめるも、すぐに外だったことを思い出し、名残惜しさを感じながら離れた。

「うん。志信さんもありがとう」

「ありがとうは俺のセリフだよ。頼ると決めてくれて、ありがとう」

どちらからともなく自然と手をつないで、宗吾くんが逃げていったのとは反対側の道へ歩き出す。

守ってくれたのがうれしくて、今日は私のほうから指を絡ませた。

◇◇◇

心身ともに疲れた夜というのもあって、家に帰るなり優陽はすぐ眠ってしまった。

安心しきった寝顔を眺めているだけで幸せな気持ちになったが、まだ俺にはやることが残っている。万が一にも優陽を起こさないよう、スマホを手に自室へと向かった。

ドアを閉め、見慣れた番号に電話をかける。

『……もしもし。こんな時間にどうしたんです?』

「悪いな、魅上。頼みたいことがあるんだ」

電話の向こうでがさがさという音がする。メモでも取ろうとしているのだろう。

「とある男に、いろいろと言い足りないことがあってな。これが解決すればお前の仕事もひとつ減るはずだ」

『なるほど。詳細はまた週明けに聞かせてもらいましょうか』

「さすが、俺の秘書は察しがいい」

閉じたドアに背中をもたれさせて言うと、あきれた声が返ってきた。

『……社長だけは敵に回したくありませんね』

「ん？」

『なんでもありません。すぐに対応いたします』

「ありがとう。よろしく頼むよ」

余計なことは言わず、聞かず、合理的に判断し、俺に足りないことは遠慮なく口にする。やや頭が固いと感じる時はあるが、俺にとって魅上は欠かせない人材だ。

用件を伝えて電話を切り、優陽のもとへ戻るため部屋を出る。

早く彼女を抱きしめて、同じ夢を見たかった。

運命は本当にあるのかもしれない

宗吾くんの問題が解決し、平穏な日常が訪れた。

契約関係を終わらせた私たちは、本当の夫婦としてまもなく半年を迎える。

「本当は今日で終わりだったかもしれないんだよね」

プレザントトリゾートへ向かう車の中で、隣に座った志信さんに話しかける。

自宅からは結構な距離があるのに、タクシーで移動する辺りが住む世界の違いを感じさせた。

「考えたくもないな。君を妻と呼べない日がくるなんて」

志信さんはそう言って微笑むと、私の胸もとを飾るネックレスを流し見た。

彼が身動きするたびに、私の好きなあの香りが揺らめく。

素敵な一日がもっと素晴らしくなるように、私も特別な日は彼からもらったネックレスとイヤリングをつけると決めた。

おかげで今日は、朝からなんだか気分がいい。

はずさなくて済んだ左手の薬指の指輪に視線を落とすと、たまたま膝の上に置いてあったバッグの中身に目が留まった。

スマホに通知がきている。

だけどもう、その内容にも差出人にも怯える必要がない。

「……ん？」

誰からだろうと見てみると、母からの連絡だった。

やけに長文のメッセージを読み終えてから、志信さんに寄りかかる。

「どうかしたのか？」

「いい話を聞けたから、うれしくなっちゃった」

「いい話？」

「うん」

母から届いた連絡をそのまま志信さんに見せる。

「宗吾くん、また海外に転勤なんだって。しかも、今度はかなり長期で。もしかしたらそのまま向こうにいなきゃいけないかもしれないらしいよ」

「……ふうん、そういうふうに伝わっているのか」

「え？」

「もうなにも心配しなくてよさそうだな。よかったよ」

今、しれっとなにかごまかされた気がした。

探るように志信さんの顔を覗き込むと、不意打ちのキスが落ちる。

「心配ごともなくなったし、今日は存分に楽しもう」

「……そうだね」

彼がそう言うなら、本当にもう心配しなくていい。

割りきって考えることにし、志信さんの肩に頭をもたれさせた。


半年ぶりのプレザントリゾートは、昼だからかあの時と違う場所に見えた。

社長じきじきの紹介を今回も堪能させてもらったけれど、関係が変わったからか、あの日よりももっと楽しい時間になった。

一日ではとても回りきれないほど広いおかげで、あっという間に陽が暮れ始める。

本格的な夜がくる前に、志信さんは私を観覧車へと誘った。

「志信さんとふたりで観覧車に乗ることは絶対ないと思っていたのにな」

緩やかに遠ざかる地面を窓から見つめて言う。

「だからうれしいの。夢が叶った気分」

「俺もひとつ夢が叶ったな。やっと君にちゃんとここの紹介ができた。前はホテルだけだったから」

「まだ半年しか経っていないなんて信じられない。案内してもらった日から、もう何年も経ったような気がするのに」

だんだん観覧車が高い位置に上っていく。

「優陽、あっち」

「……あ」

肩を叩かれて志信さん側の窓を覗き込むと、プレザントリゾートの大庭園が広がっていた。

「見てほしいって言ってたのは、これ……？」

「ああ、そうだ」

道に沿って等間隔に植えられた木が庭園の輪郭を形作っている。

それは、ハートの形だった。ハートの内側は生垣で迷路が作られていて、上空からだとまるで模様のように見える。

「俺はずっと、誰かの幸せをつくる仕事がしたかった。だから藍斗に言ったんだ。『プロポーズするなら、プレザントリゾートで』って言われるような場所にしようと」

窓の外から視線を戻すと、志信さんと目が合った。

穏やかな笑みは半年前に見たものと同じなのに、違って見える。

彼を見つめる私の心が変わったからなのだろう。

「愛している。これからもずっと、俺のそばにいてくれ」

はい、と言ったつもりが声にならない。

首を縦に振って勢いよく腕の中に飛び込むと、大好きな香りをいっぱいに感じた。

観覧車が一周し終わると、志信さんは私の手を引いて懐かしい場所に連れてきてくれた。転んだ私の休憩スペースとして使われた、あのスイートルームだ。

「少し待っていてくれ」

「うん」

志信さんは私を部屋に残し、外へ出ていく。

しばらくして戻ってきた彼の手には、これまた懐かしいものがあった。

あの日、彼が用意したものに着替えたために置き去りにされた、ドレスと靴だった。

「まだ取ってあったの？　とっくに処分しただろうなって思っていたのに」

「いつまでも取りに来なかったからな」

志信さんがソファに座る私の前へとやって来て、膝をつく。

靴を脱がすその手つきに、胸の奥で小さな泡が弾けるようなときめきを覚えた。

「それ、ずっと気になっていたの。こんな立派なホテルなら、クリーニングして郵送します……って対応をするものでしょ？　なのに取りに来いって言うから」

「郵送したら、君にまた会う機会をなくすだろう？」

「会いたいって思ってくれていたの……？」

「ああ、もっと一緒にいたかった。これも叶った夢のひとつだな」

もともと私の靴だったそれは、当然ぴたりと足にはまった。

「ふたりで過ごすようになって、気づけば君に夢中だった。こんなに楽しくて本当にいいんだろうかと思ったくらいに」

私を見上げる志信さんが足の甲に唇を押しあてる。

「あの日の出会いに、どれだけ感謝すればいいかわからない。君に出会わせてくれたすべてに感謝したい」

「私、またあなたのつくった場所に人生を変えられたんだね」

彼の存在すら知らなかった高校生の頃。

そして、今だ。

私にとって志信さんがどれだけ特別な人なのか、しみじみと実感する。

「そういうことを言うと、この出会いは偶然じゃなくて運命だったんじゃないか……なんて言いだすぞ。いいのか？　俺がそんなに浮かれても」

「私が今、運命だったのかもって思ったこと、どうしてわかったの？」

茶目っ気に応えて返事をすると、志信さんの笑みが優しくなる。

彼はその視線を私から靴に向け、目もとをやわらかく和ませた。

「また靴が脱げたら取りに行ってやる。新しいものを用意して、履かせよう」

「……うん」

「君にとっての特別は誰にも譲らない。それは俺だけに許されたものだ」

優しい志信さんの唇からこぼれる独占欲は、私を簡単に喜ばせた。

「私も一生、志信さんの特別でいたい」

「そのためにも、早く結婚式をしないとな。俺のかわいい妻を早く自慢したい」

身を乗り出した志信さんが私を引き寄せ、唇を塞ぐ。

絡んだ吐息は甘く、私の胸の内に苦しいくらい幸せな気持ちを生み出した。

広い彼の背に腕を回して、キスに応える。

キスをする時にどう呼吸をすればいいかわからなかった私はもういない。

全部、志信さんが教えてくれたから。

エピローグ

結婚式の日取り決めはかなり難航した。

新しい案件に着手し始めた志信さんが、休日も働くようになったからだ。

仕事の予定と相談しながらようやく日にちを決め、式場を仮押さえして本格的に式の準備を始めようとしたところで、私たちに素敵な知らせが舞い込んだ。

「やっぱり私、妊娠しているみたい」

夕飯を食べる志信さんに向かって言う。

ここ最近、なんだか体の調子がいつもと違うと思って病院に行ったら、おめでたを告げられた。

お気に入りのポテトサラダを口に運んでいた志信さんが、目を丸くして硬直する。

「それで……このままいくと、式をするタイミングとかぶっちゃいそうなんだよね」

「式は延期にしよう。君と赤ちゃんが最優先だ」

「だけど予定を合わせるためにかなり無理をしたでしょ？　延期してズレるとなったら、また忙しくなるんじゃない？」

「別にいい。こんなに幸せなことで予定が変わるなら、いくらでも忙しくなりたい」

志信さんはうれしそうに言って、とろけるように甘い眼差しを私に向ける。

「父親になる準備をしないといけないな。魅上に聞いておくよ」

「魅上さんって既婚者だったの？」

「ああ、娘さんが三人いる」

「知らなかった……」

秘書としての姿しか見たことがなかったから、意外に思ってしまった。

「赤ちゃんが大好きだから、俺たちの子を見せたら目を輝かせるだろうな。先輩パパとしてあれこれ言ってきそうだ。面倒くさくなるぞ、これは」

「そうなの？ 頼りになりそうだけど」

「語りたがりだから。きっとうるさい」

そんなことを言っているけれど、志信さんは楽しそうだ。

もしかしたら魅上さんと共通の話題ができたと知って、喜んでいるのかもしれない。

「お母さんたちにも話さなきゃ。……あ、契約結婚はやめた話もしないと」

「ああ、それ。そこまで話してたのかと驚いた。なのに普通に受け入れてくれていたんだな」

「私の決めたことだからって。自慢の両親だよ」

血がつながった実の両親ももちろん大切だ。でも私には同じくらい大切で、大好きなふたりがいる。孫の誕生を伝えたらきっと喜ぶに違いない。

そして、私にしてくれたようにいっぱいの愛情を注いでくれるのだろう。

「志信さんも……ご両親に伝える、よね？」

「伝えはするが、返事はないと思う」

触れてはいけない話題だろうかと思いながら聞くと、意外にあっさりした回答が返ってくる。

「孫が医者になりたいと言いだしたら話は変わるだろうが。いや、どうかな。あの人たちのことはよくわからない」

「……そっか」

「気にしなくていい。もう吹っ切れているから。君と子どもが、俺にとって一番大事な家族だ」

本当に気にしていない様子で言われ、うなずいておく。

「教えるとしたら、あとは……」

話を変えるために言ってから、思いついた人物がひとりしかいないことに気づく。

家族の次に幸せを報告したい相手がいるとしたら、それは親友の円香だ。

最後に会ってから何度か連絡のやり取りはしているものの、悩みが解決したかどうかは聞けていない。

少なくとも電話をする時はいつも明るい声を聞かせてくれていた。

「悩んでいた友だちに、解決した？って聞いてもいいと思う？」

「ああ、円香さんか」

志信さんがぽつりと言う。

「大丈夫……じゃないか？」

「本当にそう思う？　困らせないならいいんだけど」

「それで気まずくなるような関係じゃないだろう？　だったら平気だ」

「たしかにそうだね。後で連絡してみる」

背中を押してもらって安堵した私と違い、志信さんはなにやら苦い顔をしている。

「なに？」

「いや、俺も藍斗にいろいろ言っておこうと思ってな」

「そっか、結婚式にも招待するもんね。筑波社長も忙しいだろうし、結婚式に来てもらえるように予定を聞いておこうか」

「放っておいても、勝手に予定を合わせてくるだろう。身内には甘いから」

仕事のパートナーにもなるほどの親友に絶大な信頼を置いているようだ。

その姿に尊敬の念を覚えて、私も遠慮せず円香に連絡しようと改めて思った。


自室にて寝る支度を整えた後、意を決して円香にメッセージを送った。

【最近どう？　前に言っていた悩みは解決した？】

それだけでは気まずいように思えて、さらにもう一文打ち込む。

【もし力になれることがあったら言ってね】

彼女が元気そうなら、赤ちゃんの話をしよう。

だけどまだ悩みが解決していなくて困っているようなら、今はまだやめておこう。

赤ちゃんと会う日まではまだ長いのだから、伝える機会はいくらでもある。

そう思っていたら、驚いた顔の猫のスタンプが返ってきた。

【ちょうど今、ご飯に誘おうと思ってたの！　いろいろ心配かけちゃったよね、ありがとう。とりあえず、悩みは解決しそうだよ。これも優陽のおかげだね】

気に入っているのか、猫のスタンプが立て続けに三つも送られてくる。

文面から、彼女が本当に元気らしいことが伝わってきてほっとした。

【解決しそうならよかった！　予定ならいつでも合わせるよ。私も話したいことがあるんだ。きっとびっくりするよ】

【なんだろう？　今聞きたい】

【次に会う時のお楽しみにね】

【えー、じゃあ明日ご飯行こうよ。それならいいでしょ？】

【早いって！】

きゃっきゃとメッセージのやり取りをしていると、ドアをノックする音がした。

「そろそろ寝ないか？」

志信さんの声が聞こえ、そちらを向く。

寝間着に身を包んだ志信さんは私に心配そうな眼差しを向けた。

「もうひとりの体じゃないんだから、夜更かししないように」

「うん。もう寝るよ。……今、円香に連絡してみたんだけど、悩みは解決しそうなんだって。安心しちゃった」

「それはなによりだ。これで結婚式にも呼びやすくなったな」

「すぐそっちに行くから、ちょっと待ってて。おやすみって言ってくる」

志信さんを寝室に送って、再びスマホに視線を落とす。

【明日はさすがに無理だから、ご飯はまた改めて日にちを合わせよう。今日はもう寝るね、おやすみ！】

円香にメッセージを送ってから、すぐ志信さんの後を追いかけた。

寝室の大きなベッドに潜り込み、志信さんの腕の中に入れてもらう。

いつの間にか、眠る時の私の定位置はここになっていた。

志信さんも私を抱きしめて眠りたいらしく、お互いの希望が合致した形になる。

「……ふふふ」

「ん？」

「幸せだなって」

顔を上げると、志信さんのキスが額に落ちた。

「俺のほうがもっと幸せだ。世界で一番愛している人を抱きしめて眠れるんだから」

「だったら私は、世界で一番……」

同じように言い返そうと思ったけれど、『愛している』という言葉の響きが気恥ずかしくて言えなかった。

私がもごもごとごまかそうとしているのを察したらしく、志信さんが楽しそうに顔を覗き込んでくる。

「世界で一番、なんだ？」

「……好き」

愛しているは恥ずかしくて言えなくても、この気持ちだけは伝えたかった。

志信さんはゆっくりと目を見開くと、ふにゃっと目もとを和ませて笑う。

「まるで夢を見ているみたいだ。こんなに幸せな夜を迎えられると思わなかった」

「夢じゃないよ。……よく知ってるの」

彼といる時間は、いつも夢のようだった。だけどそれがいつか覚めてしまう寂しいものではなく、いつまでも見ていられる素敵な現実だと、もう知っている。

「困ったな。無理をさせたくないから、すぐ眠るつもりだったのに。……もっと君を感じたくなった」

くすぐったいキスが顔のあちこちに降った。

声をあげて笑いながら、私も志信さんの頬に口づけを贈る。

「唇じゃなくていいのか？」

「そこにしたら、本格的に眠れなくなるでしょ？」

「まあ……そうだな」

なんとも歯切れの悪い言い方からは、彼の我慢と葛藤が伝わってくる。

「本当は私も志信さんを感じたい。でも、赤ちゃんがびっくりしちゃうから」

「生まれる前から、こんなにパパを困らせているなんて知らないだろうな」

ぎりぎりのところで理性が勝ったらしく、志信さんは私をぎゅっと抱きしめるだけでこらえることにしたようだった。

私たちの赤ちゃんは、生まれてからもきっとその愛らしさでパパを困らせるのだろう、と思ったのは言わないでおく。

「さ、寝ようか」

「うん。おやすみなさい」

「おやすみ」

顔を上げてキスをし、ぎゅっと抱きしめてもらう。このひと時にもうひとり増えるのだと思うと、早く赤ちゃんに会いたくて仕方がない。

終わりが見えない幸せを実感しながら、一生愛すると誓った人のぬくもりの中で目を閉じた。

END

あとがき

こんにちは、晴日青です。

『気高き不動産王は傷心シンデレラへの溺愛を絶やさない』をご購入いただき、誠にありがとうございます。

いやはや今回は難産でした。あちこち流れが変わり、主人公たちの名前も変わり、とだいぶ混乱させられたのですが、無事にこうして形になってよかったです。

本作は仮タイトルに『シンデレラ』と入れていたのが、正式タイトルに反映されていてやった〜でした。

意地悪な継母と姉の代わりに戦いを挑んでくるのは、だいぶポンコツなはとこでしたが、しっかりヒーローの志信さんが倒してくれました。

他人を舐めて扱う人はいろいろとお粗末な人だと思うので、志信さんがやっつけてくれなくても、どこかでやらかしてひどい目に遭っていたでしょう。

お外にポイされるだけで済んでよかったですね。

なにかとご飯シーンについて言及されることが多いのですが、今回もケーキを選ぶシーンがお気に入りです。

ワゴンデセールいいですよね。わたしも好きです。全部くーださいします。

そうそう、本編中に出てきたそれぞれの親友組もちゃんと幸せになる（なっている？）のでご安心ください。このふたりの話はまた、いずれ。

本作のイラストをご担当くださったのはうすくち先生です。

ヒロインの優陽さんのドレスがとってもきれいで！

ふたりのつやつやきれい感がどーんと出ていて本当に素敵です。志信さんの隠しきれない独占欲が滲んでるなあと、イラストを見るたびににやにやしてしまいますね。

それではまた、どこかでお会いできますように。

晴日青《はるひあお》

晴日青先生への
ファンレターのあて先

〒104-0031
東京都中央区京橋1-3-1
八重洲口大栄ビル7F
スターツ出版株式会社　書籍編集部　気付

晴日青先生

本書へのご意見をお聞かせください

お買い上げいただき、ありがとうございます。
今後の編集の参考にさせていただきますので、
アンケートにお答えいただければ幸いです。

下記URLまたは二次元コードから
アンケートページへお入りください。
https://www.ozmall.co.jp/enquete/IndexTalkappi.aspx?id=2301

気高き不動産王は
傷心シンデレラへの溺愛を絶やさない

2024年6月10日　初版第1刷発行

著　者　晴日青
©Ao Haruhi 2024

発行人　菊地修一

デザイン　hive & co.,ltd.

校　正　株式会社文字工房燦光

発行所　スターツ出版株式会社
〒104-0031
東京都中央区京橋1-3-1　八重洲口大栄ビル7F
TEL　03-6202-0386（出版マーケティンググループ）
TEL　050-5538-5679（書店様向けご注文専用ダイヤル）
URL　https://starts-pub.jp/

印刷所　大日本印刷株式会社

Printed in Japan

乱丁・落丁などの不良品はお取替えいたします。
上記出版マーケティンググループまでお問い合わせください。
定価はカバーに記載されています。

ISBN 978-4-8137-1596-2　C0193

ベリーズ文庫 2024年6月発売

『御曹司と再会したら、愛され双子ママになりまして～身を引いたのに一途に迫られています～【極甘婚シリーズ】』 皐月《さつき》なおみ・著

双子のシングルマザー・有紗は仕事と育児に奔走中。あるとき職場が大企業に買収される。しかしそこの副社長・龍之介は2年前に別れを告げた双子の父親で…。「君への想いは消えなかった」——ある理由から身を引いたはずが再会した途端、龍之介の溺愛は止まらない！　溢れんばかりの一途愛に双子ごと包まれ…！

ISBN 978-4-8137-1591-7／定価781円（本体710円＋税10%）

『鉄仮面CEOの溺愛は待ったなし！～"妻業"始めたはずが、旦那様が甘やかし過剰です～』 にしのムラサキ・著

世界的企業で社長秘書を務める心春は、社長である玲司を心から尊敬している。そんなある日なぜか彼から突然求婚される！　形だけの夫婦でプライベートも任せてもらえたのだ！と思っていたけれど、ひたすら甘やかされる新婚生活が始まって⁉　「愛おしくて苦しくなる」冷徹社長の溺愛にタジタジです…！

ISBN 978-4-8137-1592-4／定価792円（本体720円＋税10%）

『望まれない花嫁に愛満ちる初恋婚～財閥御曹司は想い続けた令嬢をもう離さない～』 吉澤紗矢《よしざわさや》・著

幼い頃に母親を亡くした美紅。母の実家に引き取られたが歓迎されず、肩身の狭い思いをして暮らしてきた。借りた学費を返すため使用人として働かされていたある日、旧財閥一族である京極家の後継者・史輝の花嫁に指名され…⁉　実は史輝は美紅の初恋の相手。周囲の反対に遭いながらも良き妻であろうと奮闘する美紅を、史輝は深い愛で包み守ってくれて…。

ISBN 978-4-8137-1593-1／定価781円（本体710円＋税10%）

『100日婚約なのに、俺様パイロットに容赦なく激愛されています』 藍里《あいさと》まめ・著

航空整備士の和葉は仕事帰り、容姿端麗でミステリアスな男性・慧に出会う。後日、彼が自社の新パイロットと発覚！エリートで俺様な彼に和葉は心乱されていく。そんな中、とある事情から彼の期間限定の婚約者になることに⁉　次第に熱を帯びていく彼の瞳に捕らえられ、和葉は胸の高鳴りを抑えられず…！

ISBN 978-4-8137-1594-8／定価803円（本体730円＋税10%）

『愛を秘めた外交官とのお見合い婚は甘くて熱くて焦れったい』 Yabe・著

小料理屋で働く小春は常連客の息子で外交官の千隼に恋をしていた。ひょんなことから彼との縁談が持ち上がり二人は結婚。しかし彼は「妻」の存在を必要としていただけと聞く…。複雑な気持ちのままベルギーでの新婚生活が始まると、なぜか千隼がどんどん甘くなって⁉　その溺愛に小春はもう息もつけず…！

ISBN 978-4-8137-1595-5／定価770円（本体700円＋税10%）

ベリーズ文庫　2024年6月発売

『気高き不動産王は傷心シンデレラへの溺愛を絶やさない』晴《はる》日《ひ》青《あお》・著

ＯＬの律はリストラされ途方に暮れていた。そんな時、以前一度だけ会話したリゾート施設の社長・悠生が現れ「結婚してほしい」と突然プロポーズをされる！　しかし彼が求婚をしてきたのにはワケが合って…。愛なき関係だとバレないために甘やかされる日々。蕩けるほど熱い眼差しに律の心は高鳴るばかりで…。

ISBN 978-4-8137-1596-2／定価770円（本体700円＋税10%）

『虐げられた芋虫令嬢は女嫌い王太子の溺愛に気づかない』やきいもほくほく・著

守護妖精が最弱のステファニーは、「芋虫令嬢」と呼ばれ家族から虐げられてきた。そのうえ婚約破棄され、屋敷を出て途方に暮れていたら、女嫌いなクロヴィスに助けられる。彼を好きにならないという条件で侍女として働き始めたのに、いつの間にかクロヴィスは溺愛モード!?　私が愛されるなんてありえません！

ISBN 978-4-8137-1597-9／定価792円（本体720円＋税10%）

ベリーズ文庫 2024年7月発売予定

Now Printing

『欲しいのは、君だけ　エリート外交官はいつわりの妻を離さない』佐倉伊織《さくらいおり》・著

都心から離れたオーベルジュで働く一華。そこで客として出会った外交官・神木から3ヶ月限定の"妻役"を依頼される。ある政治家令嬢との交際を断るためだと言う神木。彼に惹かれていた一華は失恋に落ち込みつつも引き受ける。夫婦を装い一緒に暮らし始めると、甘く守られる日々に想いは膨らむばかり。一方、神木も密かに独占欲を募らせ溺愛が加速して…!?

ISBN 978-4-8137-1604-4／予価748円（本体680円＋税10%）

Now Printing

『タイトル未定（パイロット×お見合い婚）』田崎《たさき》くるみ・著

呉服屋の令嬢・桜花はある日若き敏腕パイロット・大翔とのお見合いに連れて来られる。断る気満々の桜花だったが初対面のはずの大翔に「とことん愛するから、覚悟して」と予想外の溺愛宣言をされて!?　口説きMAXで迫る大翔に桜花は翻弄されっぱなしで…。一途な猛攻愛が止まらない【極甘婚シリーズ】第三弾♡

ISBN 978-4-8137-1605-1／予価748円（本体680円＋税10%）

Now Printing

『タイトル未定（ホテル王×バツイチヒロイン×偽装恋人）』高田《たかだ》ちさき・著

夫の浮気によってバツイチとなったOLの伊都。恋愛はこりごりと思っていたある日、ホテル支配人である恭也と出会う。元夫のしつこい誘いに困っていることを知られると、彼から急に交際を申し込まれて!?　実は恭也の正体は御曹司。彼の偽装恋人となったはずが「俺は君を離さない」と溺愛を貫かれ…！

ISBN 978-4-8137-1606-8／予価748円（本体680円＋税10%）

Now Printing

『タイトル未定（心臓外科医×契約夫婦）』緒莉《おり》・著

小児看護師の佳菜は病気の祖父に手術をするよう説得するため、ひょんなことから天才心臓外科医・和樹と偽装夫婦となることに。愛なき関係のはずだったが──「まるごと全部、君が欲しい」と和樹の独占欲が限界突破！　とある過去から冷え切った佳菜の心も彼の溢れるほどの愛にいつしか甘く溶かされていき…。

ISBN 978-4-8137-1607-5／予価748円（本体680円＋税10%）

Now Printing

『契約結婚か　またの名を脅迫』山野辺《やまのべ》りり・著

OLの希実が会社の倉庫に行くと、御曹司で本部長の修吾が女性社員に迫られる修羅場を目撃！　気付いた修吾から、女性避けのためにと3年間の契約結婚を打診されて!?　戸惑うも、母が推し進める望まない見合いを断るため希実はこれを承諾。それは割り切った関係だったのに、修吾の瞳にはなぜか炎が揺らめき…！

ISBN 978-4-8137-1608-2／予価748円（本体680円＋税10%）

タイトル、価格等は変更になることがございますのでご了承ください。

ベリーズ文庫　2024年7月発売予定

Now Printing

『タイトル未定(御曹司×契約結婚×離婚)』木下《きのした》杏《あんず》・著

ＯＬの果菜は恋愛に消極的。見かねた母からお見合いを強行されそうになり困っていた頃、取引先の御曹司・遼から離婚ありきの契約結婚を持ち掛けられ…⁉　いざ夫婦となるとお互いの魅力に気づき始めるふたり。約束1年の期限が近づく頃——「君のすべてが欲しい」とクールな遼の溺愛が溢れ出して…⁉

ISBN 978-4-8137-1609-9／予価748円（本体680円＋税10%）

Now Printing

『エリート外科医と再会したら、溺愛が始まりました。私、あなたにフラれましたよね？』夢野《ゆめの》美紗《みさ》・著

高校生だった真希は家族で営む定食屋の常連客で医学生の聖一に告白するも、振られてしまう。それから十年後、道で倒れて運ばれた先の病院で医師になった聖一と再会！　そしてとある事情から彼の偽装恋人になることに⁉　真希はくすぶる想いに必死で蓋をするも、聖一はまっすぐな瞳で真希を見つめてきて…。

ISBN 978-4-8137-1610-5／予価748円（本体680円＋税10%）

タイトル、価格等は変更になることがございますのでご了承ください。

Berry's COMICS
ベリーズコミックス

『ドキドキする恋、あります。』

各電子書店で
単体タイトル
好評発売中!

NEW

『ご懐妊!!①~③』

作画:真條りの
原作:砂川雨路

NEW

『離婚からはじめましょう―極上社長はお見合い妻を逃さない―①~③』[完]

作画:うみやまねこ
原作:高田ちさき

NEW

『偽装新婚~イジワル御曹司の溺愛からは逃げられない~①~③』[完]

作画:杉原チャコ
原作:一ノ瀬千景

NEW

『俺の新妻~御曹司の煽られる独占欲~①』

作画:村崎 翠
原作:きたみ まゆ

『仮面夫婦~御曹司は今夜も妻を愛せない~①~④』[完]

作画:柴寅
原作:吉澤紗矢

『離婚前提、夫婦はじめます~極上社長ととろ甘新婚生活~①~③』[完]

作画:森 千紗
原作:紅カオル

『甘く抱かれる執愛婚―冷酷な御曹司は契約花嫁を離さない―[財閥御曹司シリーズ]①』

作画:南香かをり
原作:玉紀直

『クールなCEOと社内政略結婚!?①~⑥』[完]

作画:猫原ねんず
原作:高田ちさき

電子コミック誌

comic Berry's
コミックベリーズ

各電子書店で発売!

毎月第1・3
金曜日
配信予定

amazonkindle　コミックシーモア　Renta!　dブック　ブックパス　他